How di body

Abenteuer Afrika - Unterwegs auf der Tanezrouftpiste

Schon als kleiner Junge träumte der Hamburger Rainer Trede von Afrika. Sein Großvater erzählte ihm von seinen Reisen auf den Kontinent. Nicht von ungefähr also zieht es Rainer als jungen Erwachsenen hinaus in die weite Welt. Dabei stehen die westafrikanischen Staaten Liberia und Sierra Leone im Zentrum seiner Reisen. Hier arbeitet er in den 70er und den 80er Jahren als Holzfachwirt und pendelt dabei mit wachen Augen zwischen den Kulturen der europäischen und der westafrikanischen Gesellschaften. Die Abenteuer, vor allem aber die oft kuriosen Begegnungen mit den Menschen der fremden Kulturen, faszinieren ihn. Rainer besitzt dabei das nötige Quentchen Selbstironie, um zu wissen, dass es ihm allenfalls in seiner Fantasie zum Supermann reicht. Die Durchquerung der Sahara auf der legendären Tanezrouftpiste kostet ihn beinahe das Leben. Sein Versuch, einen Angestellten vor einem Gericht in Sierra Leone anwaltlich zu vertreten, bringt vor allem ihn selbst in Schwierigkeiten.

Michael Schnurr, geboren 1953 in Gütersloh, wuchs in Westfalen auf. Er studierte Geschichte (MA) in Bielefeld, volontierte bei einer Tageszeitung und arbeitete später als freier Journalist für Zeitungen, Zeitschriften, Hörfunk und Fernsehen. Auslandsreisen führten ihn nach Europa, in den Nahen Osten, die USA, sowie ins nördliche und südliche Afrika. Bei dem vorliegenden Band „How di body – Abenteuer Afrika – Unterwegs auf der Tanezrouftpiste" handelt es sich um sein drittes Buch.

Michael Schnurr

How di body

Abenteuer Afrika - Unterwegs auf der Tanezrouftpiste

Nach Reiseerzählungen von Rainer Trede

Bibliografische Information der Deutschen Nationalbibliothek:
Die Deutsche Nationalbibliothek verzeichnet diese Publikation in der Deutschen Nationalbibliografie; detaillierte bibliografische Daten sind im Internet über http://dnb.dnb.de abrufbar.

TWENTYSIX – Der Self-Publishing-Verlag
Eine Kooperation zwischen der Verlagsgruppe Random House und BoD – Books on Demand

Lektorat und Gestaltung Otto Schnurr

© 2015 Michael Schnurr

Herstellung und Verlag:
BoD – Books on Demand, Norderstedt

ISBN: 978-3-740-70873-3

1

Ein schriller Schrei hebt sich empor zum Dach des tropischen Regenwaldes, verharrt dort kurz und pflanzt sich fort in jede Verästelung der Baumriesen und Lianen, die das Dach dieses Waldes zu einem undurchdringlichen Dickicht werden lassen. Es gibt kein Entrinnen, jedem Lebewesen fährt der Laut tief unter die Haut. Das tausendstimmige Konzert der Urwaldbewohner verstummt. Der Wald atmet durch. Auch der kreischende Gesang der Kettensägen, die sich durch die Leiber der Baumriesen fressen, wechselt in das monotone Geräusch leer laufender schwerer Motoren. Dann setzt die Kakophonie des Regenwaldes wieder ein, unmittelbar, hat den Schrei verschluckt und legt ihn ab ins kollektive Gedächtnis dieses grünen Universums.

Rainer fährt herum. Fassungslos beobachtet er seine Begleiterin, die sich im wirbelnden Tanz die Kleider vom Leibe reißt. Der Tropenhelm landet im Morast, die Bluse sinkt zu Boden, gefolgt vom knielangen Rock. Versteinert blicken die Waldarbeiter, dann weicht der Ausdruck, macht einem breiten Grinsen Platz. Keiner von ihnen wendet sich ab. Alle schauen zu und verfolgen den Striptease der weißen Frau im Urwald. Mit zwei Schritten ist Rainer bei ihr, hebt seine Begleiterin hoch und stellt sie einen Meter neben sich wieder auf den Boden. Gemeinsam schlagen sie auf tausende kleiner Tierchen ein, die sich über den nur noch spärlich bekleideten Körper verteilt haben. „Was ist das? Es brennt wie Feuer!" stöhnt die gepeinigte Frau. „Du bist mitten in eine Ameisenstraße getreten, das nehmen die richtig übel." Rainer sammelt Bluse, Tropenhelm und Rock aus dem Morast auf und schlägt sie notdürftig aus. „Zieh das wieder an, jetzt sind die Ameisen draußen. Dann können die Arbeiter auch wieder ihren Job machen!" Die Frau funkelt Rainer an: „Mitleid kennst du wohl gar nicht, oder?" „Doch, aber im Urwald muss man schon genau hinschauen, wo man hintritt. Die Ameisenbisse brennen, aber sie sind ungefährlich." Die Frau wendet sich ab und streift die Kleidungsstücke über. „Schau dir doch mal meine Bluse an, die krieg ich nie wieder sauber!" klagt sie, doch Rainer ist schon unterwegs zu den Waldarbeitern, die sich wieder ihrer Arbeit zugewendet haben.

Der 35jährige kommt an diesem Tag nicht zum ersten Mal zu der Überzeugung, dass es keine gute Idee gewesen war, die Mitarbeiterin der Deutschen Botschaft in Monrovia zur Dschungelexkursion einzuladen. „Ich bin jetzt schon sechs Monate im Land und war noch nie draußen im Urwald", hatte sie ihm einige Tage zuvor in der liberianischen Hauptstadt ihr Leid geklagt. Rainer hatte nicht lange gezögert und der Deutschen angeboten, ihn zum nächsten Projekttreffen im Norden des Landes zu begleiten. Als sie aber an diesem Morgen in seinen Geländewagen gestiegen war, hatten ihn die ersten leichten Zweifel beschlichen, ob er eine weise Entscheidung getroffen hatte. In diesem tropischen Klima, in dem eigentlich jedes Stück Stoff auf dem Leib zu viel ist, gehorcht die Kleiderordnung der Notwendigkeit. Getragen wird, was zweckdienlich ist. Vor allem aber robust: ein Paar feste Schuhe und Strümpfe, eine kurze, reißfeste Hose und ein ebensolches Hemd nebst Hut. Seine Begleiterin hatte die Fahrt in den Urwald aber offensichtlich mit einem Ausflug auf die Mönckebergstraße in Hamburg verwechselt. Sie trug an diesem Morgen einen hellen, knielangen Seidenrock und helle, knöchelhohe Schuhe aus Leinen in gleicher Farbe. Auch ihre darauf abgestimmte, eng anliegende Bluse gehörte eher in ein Café an der Außenalster und der khakifarbene Pullover, den sie geschickt auf ihre Schultern drapiert hatte, würde die nächste halbe Stunde wohl kaum überstehen. Woher der cremefarbene Tropenhelm war, ganz im Trend des englischen Kolonialstils des vergangenen Jahrhunderts, blieb Rainer ein Rätsel. Aber die Frau hatte Geschmack und sah gut aus, das musste er ihr neidlos zugestehen. Nur leider hatte sie offensichtlich kein Gespür dafür, wo sie welche Kleidungsstücke tragen sollte. Rainer hatte sich auf die gemeinsame Exkursion, die über 100 Kilometer tief in den liberianischen Urwald führen würde, gefreut. Seine Begleiterin war Wissenschaftlerin, besaß einen Doktor in Soziologie und verfügte als Botschaftsangehörige über eine breite Allgemeinbildung. Rainer, selbst promovierter Holzwirt, hatte in Liberia im Auftrag der Bundesregierung ein großes forstwirtschaftliches Projekt zu leiten. Kontakte zur Botschaft konnten ihm dabei immer nützlich sein, auch wenn diese Frau sich gerade eben womöglich als Fehlgriff erwies: Es roch nach Ärger, nach jeder Menge Ärger.

„Ich heiße Festus." Rainers Fahrer reichte dem Gast die Hand zum Gruß. „Gaby. Im Busch duzen sich wohl alle", erwiderte die Frau schnippisch. Die Deutsche drückte dem Einheimischen ihre Tasche aus hellem Rindsleder in die Hand, der sie wortlos auf der Rückbank verstaute. Dann kletterte sie wie selbstverständlich auf den Beifahrersitz. Rainer hatte die Begrüßung verfolgt und beschloss spontan, auf das Spiel einzugehen. Sollte Gabriele doch zeigen, was sie drauf hat. Mit den Worten: „Du navigierst!" reichte er ihr die Karte ins Auto und nahm dann neben der Reisetasche im Font des Allrad-Fahrzeugs Platz. „Wieso stellt dein Fahrer die Tasche nicht in den Kofferraum? So ist sie doch jederzeit zu sehen und kann gestohlen werden?" „Im Kofferraum befinden sich Lebensmittel sowie zwei Reserveräder, eine Rolle Drahtgeflecht, Spaten und zwei große Behälter mit Trinkwasser. Ich kann deine Tasche gerne dazu stellen, aber am Ende der Fahrt wirst du sie nicht wieder erkennen", bot Festus an. Rainer riss sich zusammen und bemerkte nur: „Auf der Strecke, die wir nehmen, klaut keiner." Damit war das Thema für ihn erledigt. Der liberianische Fahrer arbeitete jetzt seit einem halben Jahr für Rainer und hatte sich in dieser Zeit als überaus zuverlässig und kompetent erwiesen. Festus gehörte den Kru an, einer von 16 im Land vertretenen Volksgruppen, die durch ihre technischen Fertigkeiten bekannt waren und die vor allem über Jahrhunderte als Matrosen auf der Westafrikaroute gute Dienste geleistet hatten. Rainer vertraute dem Liberianer mittlerweile blind. Der kleine, rundliche Mann mit den lustigen Augen war immer für einen Spaß zu haben und würde der Deutschen sicher Paroli bieten können.

Der Kru fädelte den Wagen in den Strom aus verbeulten Autos ein. Neben dem neuen Fahrzeug, einem Lada Niva, wirkten die anderen Fahrzeuge nun noch klappriger als vorher. Trotz der frühen Morgenstunde war es im Auto schon unangenehm warm. Im feuchten tropischen Klima bildeten sich auf der Haut der Fahrzeuginsassen schnell kleine Schweißperlen. Als Festus, um die kleine Brise des Fahrtwindes zu nutzen, sein Fenster hinunter kurbelte, kam es zum nächsten Streit. „Dann kann dein Fahrer auch gleich die Klimaanlage ausschalten", maulte Gaby. „Festus! Was ist mit der Klimaanlage?", wendete sich Rainer daraufhin scheinbar genervt an seinen Fahrer. Der blickte ihn einen Moment lang fragend durch den Rückspiegel an, dann begriff er: „Verkauft!" „Verkauft?" „Ja, Mister, ich musste mich entscheiden, Klimaanlage oder Ersatzrad, für beides war nicht Platz im Auto." „So ein Blödsinn!" Gaby wollte es nicht glauben. „Die Klimaanlage nimmt doch keinen Platz im Kofferraum weg!" „Nein, das Ersatzrad auch nicht, das ist draußen dran geschraubt", grinste Festus. Als Gaby den Kru verständnislos anstarrte, begann Rainer zu lachen: „Gaby, das Auto hat gar keine Klimaanlage. Deshalb fahren wir mit offenen Fenstern, so lange es geht." „Witzbolde. Da kriegen wir doch blitzschnell `ne Erkältung", so schnell wollte Gaby nicht klein beigeben. „In Liberia erkälten sich die Europäer immer, weil sie nicht schwitzen wollen und deshalb pausenlos von klimatisierten Räumen in das tropische Klima wechseln", erwiderte Rainer und Festus pflichtete seinem Chef bei: „Hier gehört Schwitzen zum Alltag. Wer nicht schwitzen will, sollte besser gar nicht hierher kommen." Daraufhin zog Gaby es vor, angesichts der männlichen Übermacht zu schweigen.

Bald hatten die drei das Zentrum verlassen. Die vor ihnen liegenden 100 Kilometer Straße stellten viele Herausforderungen an das Auto, aber auch an seine Insassen. Die Verhältnisse waren nicht mit denen in Deutschland zu vergleichen. Schon in Monrovia fanden sich nur wenig geteerte Wege, die einzige gut ausgebaute Straße verband in diesen Tagen den Flughafen mit dem Präsidentenpalast. Außerhalb der Stadt versank während der Regenzeit alles in Morast und auch jetzt, am Ende der ohnehin kurzen Trockenzeit, tropfte morgens bei einer Luftfeuchtigkeit von fast 90 Prozent das Niederschlagswasser von den Blättern der Bäume. Die Straße in den Norden würde von tiefen Schlaglöchern übersät sein und Rainer vermutete, dass sie bei guter Fahrt etwa zwei bis drei Stunden bis zum Projektstandort benötigen würden.

Die Reise begann mit dem üblichen Ritual und der ersten Prüfung für Gaby. Am Roadblock an der Ausfallstraße kontrollierte der Polizist auffällig langsam das Fahrzeug und seine drei Insassen. Dann blickte er die Europäerin auf dem Beifahrersitz ausdruckslos an und erklärte: „Ich muss Ihren Pass einbehalten." „Wieso?" „Da fehlt ein Stempel." Gaby wähnte sich in ihrem Element, von dem sowieso korrupten Polizisten würde sie sich die Butter nicht vom Brot nehmen lassen. „Geben Sie sofort meinen Pass heraus. Wie Sie sehen, bin ich Diplomatin und Sie werden eine Menge Ärger bekommen, wenn Sie mich nicht sofort passieren lassen!" „Diplomaten interessieren mich nicht. Hier fehlt ein Stempel. Ohne den reisen Sie nirgendwo hin!" „Das ist doch wohl unverfroren. Der Pass ist in Ordnung. Wer ist ihr Vorgesetzter?" Rainer hatte die Auseinandersetzung schweigend verfolgt, jetzt schaltete er sich ein. „Sir!" Er reichte dem Polizisten wortlos seinen Pass aus dem Font nach vorne durch das Beifahrerfenster. Der Mann schlug das Dokument auf, salutierte und fragte: „Kennen Sie diesen Mann?" „Ja, er ist ein Freund von mir". „Fahren Sie!" Ehe sie es sich versahen, hatten Rainer und Gaby ihre Pässe zurück und Festus konnte Gas geben.

„Was war das denn für ein Voodoo, Voodoo?" wollte Gaby wissen. „Ist wohl dein erster Auslandseinsatz auf diesem Kontinent?" Rainer reichte ihr wortlos seinen Pass. Der Ausweis enthielt neben seiner Visitenkarte, die ihn als Doktor auswies, ein Foto. Es zeigte den Deutschen mit dem derzeitigen Präsidenten des Landes, William Richard Tolbert Jr., wie beide Hände schüttelnd in die Kamera lachten. „Das zieht immer. Alle meine Mitarbeiter haben dieses Foto im Pass liegen, jeweils mit ihrem eigenen Konterfei. Ein pfiffi-ger Kollege hat in dem ursprünglichen Foto meinen Kopf jeweils durch den Kopf eines meiner Mitarbeiter ersetzt. Das fällt gar nicht auf und ist viel wirkungsvoller als Geldscheine. Wir kommen so durch jede Polizeisperre. Mit den Polizisten streiten nutzt gar nichts, das macht die Lage nur komplizierter."

Wie erwartet, schloss sich an diese Offenbarung eine längere Grundsatzdiskussion über Protektionismus und Korruption an. Festus lenkte den Wagen derweil zunächst aus der Stadt heraus vorbei an baufälligen Gebäuden im amerikanischen Kolonialstil. Dann folgte er der Ausfallstraße, die sich durch eine die Hauptstadt umgebende Sumpflandschaft schlängelte, um zur etwa 400 Meter über dem Meeresspiegel liegenden, vom Regenwald überzogenen Hochebene hinaufzusteigen. Schnell wurde aus der brüchigen Teer- eine rotbraune Sandstraße, die nur eine Fahrt im zweiten Gang zuließ. Festus manövrierte das Auto gekonnt um die tiefen Schlaglöcher herum und wich dabei immer wieder entgegenkommenden Last- und Personenwagen aus, die ebenfalls ihren Weg über die Sandpiste suchten und bemüht waren einen Achsbruch zu vermeiden. „Wann hört das denn endlich mal auf?", fragte Gaby schließlich und unterbrach damit die Erzählung Rainers, der ihr mittlerweile sein Projekt im Norden Liberias schilderte, wo seine Firma im Auftrag der Bundesregierung Wirtschaftshilfe beim Aufbau eines holzverarbeitenden Industriebetriebes leistete. „Gar nicht! Die Straßen sind hier so!" Rainer lehnte sich nach vorne, um auf die Straße zu blicken. „Schlimmer wird es nicht", ergänzte er dann und registrierte mit einem Lächeln, dass das dezente Parfüm seiner Mitreisenden längst dem üblichen leichten Schweißgeruch gewichen war, den hier alle verströmten.

Nach gut zweistündiger Fahrt lenkte Festus den Wagen schließlich an den Straßenrand und kletterte aus der Kabine. „Endstation! Von hier aus müsst ihr laufen." „Laufen? Wohin?" Gaby blickte mit ihren großen, schönen Augen auf die vor ihr liegende undurchdringlich wirkende Blätterwand, die rechts und links entlang der Piste jedem Eindringling zu trotzen schien. „Hier links rein, in den Wald. Jetzt beginnt das eigentliche Abenteuer." Rainer drückte die Blätter und Büsche auseinander, dahinter öffnete sich ein Weg, der sich in der Ferne unter den riesigen Baumstämmen aus Mahagoniholz verlor. „Da soll ich rein? Was ist mit Schlangen?" „Ja, die leben hier. Aber das ist alles ganz harmlos. Die sind längst verschwunden, wenn wir kommen. Wir müssen nur fest genug auftreten. Einfach genau vor Dich schauen, dann geht das schon", instruierte Rainer seine Begleiterin. Vor die Wahl gestellt, mit Festus eine Stunde im Auto zu warten oder Rainer zu begleiten, entschied sich Gaby für die zweite Möglichkeit. Doch nun – kurz vor Erreichen der Ernteflächlich, auf der die Waldarbeiter das wertvolle Holz einschlugen – hatte sie die Ameisenstraße übersehen und Bekanntschaft mit den kleinen Lebewesen machen dürfen.

Während Rainer mit dem Vorarbeiter sprach und Instruktionen erteilte, blieb Gaby sicherheitshalber ganz in seiner Nähe. Eine Ameisenstraße am Tag reichte ihr. Zurück am Auto, erklärte Rainer der Frau, die ihm mittlerweile schon etwas Leid tat: „In einer halben Stunde kommen wir zur der Siedlung, in deren Nähe das Holzwerk errichtet wird. Nach der Besprechung geht es dann heimwärts." Als sie die aus traditionellen Rundhütten errichtete Siedlung erreicht hatten, suchte Rainer zunächst den dortigen Chief auf. Sie befanden sich im Gebiet des Volksstammes der Belle. Rainer hätte sich grob unhöflich verhalten, wenn er direkt zu seinen Männern gegangen wäre. Die traditionellen Führer besitzen hier, wie in vielen anderen afrikanischen Staaten üblich, großen Einfluss. Wer vor Ort etwas erreichen will, stellt sich besser gut mit ihnen. In Liberia herrschte in diesen Tagen noch unbehelligt eine kreolische Oberschicht, deren Repräsentant Präsident William Richard Tolbert Jr. war. Dieser Elite, die rund fünf Prozent der Bevölkerung ausmachte, stand eine breite Schicht meist bitterarmer Menschen unterschiedlicher Ethnien gegenüber. 1822 hatte die American Colonization Society den Küstenstreifen gekauft, der von den Portugiesen nur oberflächlich besucht und dann als Pfefferküste bezeichnet worden war. Diese Gesellschaft weißer US-Amerikaner hatte in Liberia freigelassene ehemalige Sklaven angesiedelt und sich damit gleichzeitig selbst zu Kolonialherren erhoben. Zu Beginn des amerikanischen Bürgerkrieges hatten in Liberia rund 12.000 Afro-Amerikaner gelebt, die zu einer schwarzen Elite herangewachsen waren. In ihren Haushalten wohnten Kinder und Jugendliche aus der indigenen Bevölkerung, die eng an die kreolische Oberschicht gebunden wurden. Das seit mehr als 100 Jahren funktionierende Patronage-System hatte allerdings in den vergangenen Monaten einige Risse bekommen. Tolbert hatte in Monrovia auf die Teilnehmer einer Demonstration gegen steigende Reispreise schießen und dabei 70 Menschen umbringen lassen. Seither kam das Land nicht mehr zur Ruhe. Hier draußen im Urwald war von den Konflikten in der Hauptstadt allerdings nichts zu spüren.

Als Rainer schließlich vom fast einstündigen Palaver und dem anschließenden Treffen mit seinen Mitarbeitern zum Auto zurückkommt, wurde er von Gaby und Festus sehnsüchtig erwartet. „Wir kriegen Regen und sollten schleunigst machen, dass wir nach Hause kommen", schickte Festus einen Blick gegen den tief wolkenverhangenen Himmel. Wolken waren in Liberia zwar nichts Ungewöhnliches, Sonnenstunden eher selten. Aber in der Trockenzeit blieben im tropischen Liberia wenigsten die sturzbachartigen Regenfälle aus, welche die Straßen in Sekundenschnelle in Morast und Rutschbahnen verwandeln konnten. „Dann nichts wie los, das kann jetzt eine etwas unangenehme Tour werden, halte dich fest!", meint Rainer, der sich dieses Mal neben seinen Fahrer setzt. Gaby schickt sich widerspruchslos in ihre Verbannung auf die Rückbank.

Sie waren eine gute Viertelstunde unterwegs, da öffnete der Himmel seine Schleusen. Es wurde zusehends dunkel um sie herum und die Scheibenwischer konnten die Wassermassen kaum noch bewältigen. Dann stellten sie ihren Dienst ganz ein und Festus musste anhalten. Kurz entschlossen sprang der Einheimische aus dem Wagen. Wenig später kam Festus schon vom Waldrand zurück, in der Hand eine fingerdicke Liane. Rainer drehte sein Beifahrerfenster herunter und folgte dabei dem Beispiel seines Fahrers. Der reichte seinem Chef das eine Ende der Liane, rannte vorne um den Wagen herum und kletterte pudelnass auf den Fahrersitz. Nun zogen beide abwechselnd an der Liane und wischten damit einen kleinen Streifen auf der Frontscheibe frei. Langsam setzte sich das Auto wieder in Bewegung. „Umdrehen?" „Umdrehen!" Die beiden Männer waren sich einig. „Aber ich muss morgen wieder im Büro sein", meldete Gaby von hinten leisen Protest an. „Wenn wir jetzt weiterfahren, landen wir garantiert demnächst im Gebüsch oder brechen uns in einem Schlagloch die Achse. Dann können wir die Nacht zu dritt im Auto zubringen. Im Dorf haben wir wenigstens ein Haus und du kannst ein Zimmer für dich haben. Mal schauen, ob wir per Funk jemanden in Monrovia erreichen können, um dich zu entschuldigen. Die haben da sicherlich auch ein paar Kleidungsstücke zum Wechseln für dich", erklärte Rainer mit einem Blick auf die Rückbank. Das durch die offenen Seitenfenster hereinpeitschende Regenwasser hatte mittlerweile auch Gaby fast vollständig durchnässt.

„Was ist denn mit einem Buschtaxi?", wollte Gaby wissen, der die Aussicht auf eine Nacht im Camp der Männer nicht gerade verlockend erschien. Rainer schüttelt den Kopf. Während Festus das Auto wendet, um die beschwerliche Rückfahrt ins Camp anzutreten, erzählte Rainer von seinem ersten und einzigen Mal, bei dem er auf ein Buschtaxi gesetzt hatte. Rainer war gemeinsam mit seinen Teamkollegen unterwegs, als ihn im Camp die Nachricht erreicht hatte, dass er dringend in Monrovia gebraucht werde. „Also habe ich zu meinen Leuten gesagt: Okay, ihr bleibt hier und erledigt die anstehenden Arbeiten, ich nehme mir ein Buschtaxi und fahre zurück nach Monrovia. Ich habe es nicht besser gewusst! Buschtaxis, so genannte Poda Poda, sind Autos, die man mit anderen Gästen teilt. Als voll gelten sie, wenn auf dem Beifahrersitz der Fahrerkabine zwei Personen sitzen und hinten auf der Ladefläche zehn Fahrgäste Platz gefunden haben. Da ich auf kürzestem Weg nach Monrovia wollte, habe ich versucht, ein Poda Poda für mich alleine zu bekommen. ´Cha, cha´ lautet dafür das Zauberwort. Die Taxifahrer wittern einen lukrativen Job und werfen dann in der Regel alle anderen Fahrzeuginsassen einfach aus dem Wagen. In meinem Fall hat das aber nicht geklappt und ich musste hinten auf die Ladefläche klettern. Nach der zweistündigen Fahrt, für die meine Kollegen und ich sonst immer drei Stunden benötigt hatten, war ich nicht nur völlig fertig mit den Nerven, sondern konnte auch die blauen Flecken am Körper nicht mehr zählen. Schlaglöcher waren für den Fahrer des Buschtaxis nämlich ein Fremdwort. Er fuhr einfach immer durch sie hindurch. Ich flog von einer Seite zur anderen, hielt mich mühsam fest, und wenn ich mich gerade etwas entspannte, kam der nächste Schlag. Nicht ohne Grund berichten die Zeitungen immer wieder von schweren Unfällen der Poda Poda. Ich weiß jetzt warum. In so ein Fahrzeug kriegst du mich nicht mehr hinein."

Alle drei sind eine Stunde später froh, als sie völlig durchnässt und durchgeschüttelt, aber ansonsten unversehrt und sicher das Gästehaus erreichen, in dem Rainers Projektmitarbeiter untergebracht sind. Die Männer versorgen ihre drei Gäste als erstes mit trockener Kleidung. Als Gaby im groben Sweater und in einer um eine Nummer zu großen Sporthose den Raum betritt, entspricht sie in diesem Aufzug schon eher Rainers Kragenweite. „Komm, setz Dich zu uns! Gleich gibt es was zu essen", lädt er die Frau zu sich an den Tisch ein. „Es gibt liberianischen Eintopf." Eigentlich hätte diese Bezeichnung Gaby vorwarnen müssen, doch sie ist zu erschöpft. Froh, endlich angekommen zu sein, setzt sie sich dankbar zu den Männern an den Tisch und langt kräftig zu. Schon nach dem ersten Löffel ringt sie nach Luft, greift nach ihrem Glas Wasser und versucht verzweifelt ihren wie Feuer brennenden Gaumen zu kühlen. „Was, bitte, ist das?" bringt sie schließlich mühevoll hervor. „Liberianischer Eintopf. Bohnen, Fleisch und Peperoni, sie nennen es hier auch Liberianische Pfeffersuppe", schmunzelt Rainer. Da platzt der Frau der Kragen. „Gemein, einfach nur gemein! Was glaubst du eigentlich, wie du mit einem Gast umgehen darfst? Das Wenigste wäre ja wohl gewesen, dass du mich vorgewarnt hättest. Ich finde das nicht lustig, das ist einfach nur gemein." Gaby ist aufgestanden, die anderen Männer am Tisch folgen gebannt dem Schauspiel; da fliegt die Tür auf. Herein kommt ein ebenfalls völlig durchnässter, stämmiger Mann. „Rainer, kannst du dich nicht einmal als Gentleman benehmen?", poltert er los und fährt direkt fort: „Kein anderer fährt in diesem gottverlassenen Land einen Lada Niva und streitet sich so gerne mit Frauen, wie du!" „Klaus! Wo kommst du denn her? Ich dachte, du bist in Mali!" Rainer ist keinen Moment sauer auf seinen Freund. Die beiden Männer liegen sich lachend in den Armen. „Nein, hab 'was in Monrovia zu erledigen und gestern versucht bei Euch anzurufen, aber unsere Telefonleitung war mal wieder abgesoffen!" „Wir wollten eigentlich jetzt schon wieder in Monrovia sein, aber das Wetter, du weißt!", erklärt Rainer. Klaus wendet sich den anderen zu, gibt ihnen reihum die Hand und fixiert dann Gaby: „Na, Schönheit, dem haben Sie aber gerade richtig den Kopf gewaschen. Nur zu, das hat der manchmal nötig. Nehmen Sie es ihm nicht krumm, er ist eigentlich ein ganz lieber Kerl, aber vermutlich schon zu lange im Urwald." Gaby weiß nicht so recht, ob Klaus sie auf den Arm nehmen will. Aber seine Unterstützung kommt ihr ganz gelegen; Klaus scheint der erste Mann in der Runde zu sein, der sie als Frau ernst nimmt. Außerdem gefallen ihr seine stahlblauen Augen. „Ach, alles halb so wild", winkt sie deshalb ab. „Der Ärger hat sich schon wieder verzogen und meinen Freundinnen in Deutschland kann ich ja dann berichten, dass Sie bei diesem kleinen Abenteuer als Retter in der Not aufgetaucht sind."

„Apropos Abenteuer", wendet sich Klaus an die um den Tisch versammelten Männer und Gaby: „Hat Rainer euch denn schon erzählt, wie er zu seinem Lada Niva in Westafrika gekommen ist?" Rainer winkt ab! „Nee, lass mal, ich bin zu müde. Aber Du kannst ja ein paar Geschichten aus deinem Leben zum Besten geben. Ich lege mich lieber ein bisschen hin." Während sich die anderen ein Bier holen und Gaby, nun vorsichtig geworden, lieber bei Wasser bleibt, zieht sich Rainer zurück. Oben in seinem Zimmer angekommen, streckt er sich auf dem Bett aus. Seine Gedanken wandern zurück nach Hamburg, wo ihn vor einem knappen halben Jahr ein Anruf erreicht hatte.

2

Rainer und Rodrigo hatten gerade den fünften Geburtstag ihrer Firmengründung gefeiert und im Büro am Harvestehuder Weg in Hamburg mit einem Glas Sekt auf den Erfolg angestoßen. Rodrigo war schon gegangen und Rainer hatte noch seinen Schreibtisch aufgeräumt, als das Telefon klingelte. „Ja? Ja! Wann? Morgen um 10? In Ordnung, ich werde da sein. Ja, guten Abend."

Der Blick von Rainer geht hinaus auf den abendlichen Berufsverkehr. Auto an Auto schiebt sich durch den Harvestehuder Weg. „Der Wirtschaft geht es gut", denkt er, „genau so prächtig wie vor fünf Jahren, als wir unsere Beratungsfirma gegründet haben." Seit drei Monaten haben Rainer und Rodrigo auf diesen Anruf gewartet. Und natürlich kommt er jetzt, zu einer Zeit, in der sie bis über beide Ohren in Arbeit stecken. Er spürt ein leichtes Vibrieren in den Fingerspitzen, ein Schauer läuft ihm über die Haut. Untrügliche Zeichen der inneren Anspannung und Ungeduld. Er kennt diesen Zustand, erlebt ihn jedes Mal, wenn ein neues, großes Projekt ansteht. „Nichts Beunruhigendes", hat sein Hausarzt gesagt, „Sie stehen dann einfach unter Strom. Finden Sie einen Blitzableiter und alles ist gut." Rodrigo! Er muss Rodrigo anrufen. „Rodrigo? Rainer hier. Die GTZ (Gesellschaft für Technische Zusammenarbeit) hat sich gerade gemeldet. Wir sollen morgen um zehn in Eschborn sein, sie wollen uns den Job in Sierra Leone geben. Klar kann ich auch allein hinfahren. In Ordnung, ich rufe Dich dann an."

Am nächsten Morgen sitzt Rainer um sechs Uhr in seinem Mercedes und steuert den Wagen Richtung Süden. Über die A 7 und die A 5 wird er die Strecke Richtung Frankfurt in gut drei Stunden schaffen, so dass ihm noch genug Zeit für einen Kaffee bleibt, bevor er von dem Mitarbeiter der GTZ erwartet wird. „Wir haben Ihr Angebot ausgewertet. Sehr gut! Das Holzwerk soll das größte des Landes werden. Ist Ihnen das klar? Hier geht es um Millionen.

Trauen Sie sich das zu?", kommt der Mann sofort zur Sache. Rainer war noch nie ein Hasenfuß. Mit 26 hat er sich mit dem 15 Jahre älteren Rodrigo selbstständig gemacht, noch während er promovierte. Seine Dissertation entstand nebenbei – das nahm ihm zwar sein Doktorvater nicht übel, wohl aber der Zweitprüfer, der insgeheim neidisch auf den erfolgreichen Jungunternehmer blickte. Er hatte versucht, Rainer den Doktortitel zu verweigern. Vergeblich. Rainer hatte erstmals echte Steherqualitäten bewiesen und sich gegen den missgünstigen Wissenschaftler durchgesetzt. An mangelndem Selbstbewusstsein fehlte es dem dunkelblonden Hamburger also nicht. „Wir hätten uns nicht um diesen Auftrag beworben, wenn wir uns seine Umsetzung nicht auch zutrauen würden. In Liberia sind wir jetzt seit fünf Jahren im Geschäft und auch in Sierra Leone haben wir schon kleinere Aufträge abgewickelt. Das ist der Auftrag, mit dem wir beweisen werden, dass Sie auch in anderen Regionen der Welt auf uns zählen können." „Nun mal langsam mit den wilden Pferden. Erst einmal steht jetzt Sierra Leone an. Also gut. Die Entscheidung steht, übernächste Woche bekommen Sie den Vertrag zugestellt, dann wird sich mein Kollege Buntschuh telefonisch bei Ihnen melden. Aber fangen Sie schon mal an. Wir haben nicht viel Zeit zu verlieren. Projektbeginn ist in siebeneinhalb Wochen." Rainer erhebt sich, sagt: „Danke", und steht zwei Minuten später draußen vor der Tür. Erst jetzt erreicht ihn die ganze Tragweite des letzten Satzes seines neuen Auftraggebers: In siebeneinhalb Wochen? Unmöglich! schießt es ihm durch den Kopf. Normalerweise liegt zwischen der Auftragsvergabe und der Umsetzung eines Projektes mindestens ein Vierteljahr, oft sind es sogar sechs Monate. Ein Auftrag von dieser Größenordnung braucht vernünftige Vorbereitung. Zwar haben sie vor drei Monaten schon das fünfköpfige Expertenteam benannt, das gehörte in die Angebotsabgabe, aber ob diese Männer jetzt noch alle – vor allem so kurzfristig – zur Verfügung stehen, das wird sich erst noch erweisen müssen. Es handelt sich um ein von ihnen seinerzeit sorgfältig ausgesuchtes Team, schließlich würden die Leute monatelang unter schwierigen Bedingungen gut zusammenarbeiten müssen. Experten dieses Kalibers gibt es nicht wie Sand am Meer. Für alle würde er Visa besorgen müssen. Das allein würde in der Regel allein schon acht Wochen in Anspruch nehmen. Am einfachsten wäre noch die Unterbringung der Crew zu regeln. In Freetown, der Hauptstadt Sierra Leones, leben die Angehörigen der Führungsschicht in komfortablen Häusern. Die überlassen sie gerne für ein halbes Jahr oder länger den Deutschen, denn als Mieter zahlen die Europäer gut, weil Hotels eine zu teure Alternative sind. Wer kassierte nicht gerne das Dreifache seines Gehaltes pro Monat als Miete? Und bei der Verwandtschaft ist für Sierra Leoner immer Platz. Auch das Hauspersonal stellt kein Problem dar. Bleibt nur eine Frage, auf die Rainer zurzeit keine Antwort weiß.

„Es gibt in Sierra Leone keine guten Autos zu kaufen! Wir brauchen vernünftige Allrad-Fahrzeuge. Aber wo sollen wir die hernehmen da unten?" Rainer sitzt nachmittags mit Rodrigo im Büro und brütet über einem Berg von Aufgaben, von denen ihm jede einzelne schon für sich genommen Kopfzerbrechen bereitet. „Also, wenn du keine größeren Probleme hast! Wenn wir die anderen Schwierigkeiten in den Griff kriegen, werden wir die Autofrage auch noch lösen. Aber mal ehrlich, Rainer, gib den Job zurück, das können wir nicht. Lass uns realistisch sein. Toll, dass die uns ausgewählt haben", meint Rodrigo, „vielleicht sind wir aber auch nur die Blöden, weil alle anderen bei der Zeitplanung sofort 'Nein' gesagt haben. Da hat irgendeiner in der GTZ ordentlich gepennt, und nun sollen wir für ihn die Kartoffeln aus dem Feuer holen." „Rodrigo! Seit zwei Jahren träumen wir davon, unsere Basis zu verbreitern. Seit zwei Jahren schreiben wir Angebot um Angebot. Jetzt endlich ist die Chance da. Und dann kneifen wir? Wir müssen es wenigstens versuchen." Rodrigo ist der Pragmatiker im Unternehmergespann und Rainer schießt schon einmal mit seinen

Ideen übers Ziel hinaus. Letztendlich haben sich beide aber noch immer einigen können. So auch dieses Mal. Sie diskutieren noch einige Zeit hin und her, dann haben sie sich auf eine Liste geeinigt. Für jede anstehende Frage bestimmen sie ein Datum, bis zu dem die Aufgabe erledigt sein muss, soll nicht das gesamte Projekt gefährdet werden. In zwei Wochen, wenn der Vertrag vor ihnen liegt, wollen sie anhand der Liste entscheiden, ob sie unterschreiben oder den Auftrag zurückgeben.

Die folgenden Tage sind mit Telefonaten angefüllt. Rodrigo und Rainer haben sich die Aufgaben geteilt. Rainer kümmert sich um das Expertenteam und die Logistik, alle anderen Aufgaben und die Bearbeitung anderer Aufträge liegen in Rodrigos Händen. Jetzt kommen Rainer seine guten Beziehungen zugute, die er in den vergangenen Jahren im Rahmen der Projekte in Liberia aufgebaut hat. Er benötigte nur einen Tag, bis ihm die Experten ihre Zusage erneuert haben. In rund sieben Wochen werden sie gemeinsam für ein halbes Jahr in Sierra Leone ihre Zelte aufschlagen. Rodrigo freut sich. „Wirklich gut. Das passt alles. Informiere die GTZ und die sollen dir auch sagen, wer in Sierra Leone dafür sorgen kann, dass die notwendigen Visa schneller ausgestellt werden."

Das unangenehme Erwachen kommt am nächsten Vormittag in Gestalt des GTZ-Mitarbeiters Buntschuh daher. Er erklärt Rainer zunächst, dass er bei der Gesellschaft für Technische Zusammenarbeit für dieses Projekt in Sierra Leone verantwortlich und sein erster Ansprechpartner sein wird. Dann fährt Buntschuh fort: „Das ist ja ein tolles Team, mit dem Sie da arbeiten werden. Alle Achtung. Nur mit einem Mann habe ich meine Schwierigkeiten. Den will ich bei Einsätzen im Ausland nicht mehr dabei haben." „Um wen geht es denn?" Buntschuh nennt den Namen des Experten. Rainer schluckt. Genau um diesen Mann, einen freien Mitarbeiter seiner Firma, hat Rainer sein ganzes Team aufgebaut. Er gilt als hervorragender Fachmann auf seinem Gebiet. Rainer fasst nach:

„Was liegt denn gegen den Mann vor? Ich kenne ihn als überaus qualifizierten Experten. Er ist der Beste in meinem Team." Buntschuh windet sich am anderen Ende der Leitung; die Angelegenheit ist ihm peinlich. „Ach, wissen Sie, darüber reden wir nicht gern, das sind schon sehr persönliche Dinge, er ist einfach unangenehm – was sage ich – nicht akzeptabel aufgefallen." „Hat er einen Einheimischen verprügelt oder seine Frau geschlagen? Was ist es denn, dass Sie ihm trotz seiner ausgewiesenen fachlichen Fähigkeiten den Stuhl vor die Tür setzen?" Rainer will den Rauswurf seines Mitarbeiters nicht so einfach hinnehmen. „Also, kurz und gut. Wir wollen den Mann nicht im Team haben, weil uns zu Ohren gekommen ist, dass er sich bei seinem letzten Einsatz in Mali gemeinsam mit seiner Frau und einer Einheimischen im Bett vergnügt hat." Rainer hält die Luft an, kann nicht glauben, was er gerade gehört hat, ist aber klug genug nicht weiter zu insistieren. „In Ordnung, dann muss ich schauen, woher ich Ersatz bekomme. Ich melde Ihnen den Namen nach, sobald ich kann."

Rainer hat schon einen Plan im Kopf. Er will seinen Experten auf jeden Fall dabei haben und sich das Projekt nicht von den verschrobenen Moralvorstellungen eines GTZ-Mitarbeiters kaputtmachen lassen. Noch am selben Tag benennt er ein Ersatzmitglied, von dem er allerdings weiß, dass der Mann gar nicht zur Verfügung steht, und beantragt für diesen das Visum. Er setzt aber auch den Mann seiner Wahl auf die Liste und wird, wenn alle Verträge unter Dach und Fach sind und es für Alternativen zu spät ist, seinen Experten erneut als Retter in der Not präsentieren.

Zwei Wochen später unterzeichnen Rodrigo und Rainer den Auftrag. Sie sind mittlerweile zuversichtlich, mit dem Projekt in fünfeinhalb Wochen starten zu können. Nur eine Frage ist nach wie vor unbeantwortet: „Woher kriegen wir die Autos in Sierra Leone?" Rainer steht vor der großen Landkarte, die den afrikanischen Kontinent mit seinen von den Kolonialmächten einst diktierten und bis

zum Tage geltenden Grenzen abbildet. „Ich fahre die Autos runter."
„Was willst du? Sag das noch mal. Steigt dir die ganze Sache jetzt zu Kopf? Schon mal auf die Karte geschaut? Siehst du diesen Riesensandkasten, der zwischen uns und Sierra Leone liegt – man nennt ihn Sahara." „Eben, da wollte ich immer schon mal durchfahren, jetzt ist die Gelegenheit da." Rodrigo sieht das ganz anders. In Hamburg ist bis zum Projektstart noch jede Menge zu tun, das Vorhaben haben sie sowieso schon mit der sprichwörtlichen heißen Nadel gestrickt. Wieso jetzt unnötige Risiken eingehen? „Was passiert, wenn du die Autos in der Sahara zu Schrott fährst? Wenn du Glück hast, kommst du zwar lebend raus, und ich kenne dich, du hast das Glück! Aber unsere Firma können wir dann vermutlich dicht machen. Die zerreißen uns in der Luft, wenn wir das Millionenprojekt nicht rechtzeitig starten können, weil du die Projektfahrzeuge bei einem Sahara-Trip in den Sand setzt!" Rainer lässt sich von der Standpauke nicht einschüchtern. „Welche Alternativen haben wir? Wir benötigen zwei intakte Allrad-Fahrzeuge in Sierra Leone. Dort kaufen geht nicht, Du kriegst da unten nur Rostlauben. Verschiffen geht auch nicht mehr, dazu reicht die Zeit nicht. Und einen Transport mit dem Flugzeug können wir nicht bezahlen. Willst du da unten zu Fuß im Urwald unterwegs sein?" Rodrigo dämmert, dass sein Partner es mit der Sahara-Durchquerung tatsächlich ernst meint. Vor allem aber fällt ihm auch keine andere Lösung ein. „Mann, auf was habe ich mich mit dir nur eingelassen", stöhnt er. „Also gut, du bringst die Karren runter. Solltest du irgendwo stecken bleiben und nicht am 12. Oktober in Freetown sein, sind wir geschiedene Leute!"

Noch am selben Abend telefoniert Rainer mit einigen Freunden. Sie alle hatten während der Studentenzeit davon geträumt, einmal die Sahara mit dem Auto zu durchqueren, und versprochen, sich gegenseitig zu informieren, wenn es eines Tages soweit sein würde. Rainer plant, zwei Fahrer pro Auto mitzunehmen, doch alle

Freunde winken ab. „In 14 Tagen? So kurzfristig? Nein, wie soll das gehen?" Lediglich Christian, der 19jährige Sohn eines befreundeten Paares, sagt sofort zu. Er studiert im 2. Semester Medizin an der Hamburger Universität und hat gerade Semesterferien. „Ich komme mit, wenn ich zum Semesteranfang wieder in Hamburg sein kann." Rainer zögert einen Moment, weil Christian ihm doch noch sehr jung erscheint. Dann überwiegt aber, dass es von Vorteil sein kann, auf einer Tour wie dieser einen angehenden Mediziner dabei zu haben. „Willkommen im Team! Sobald die anderen Mitreisenden feststehen, werden wir uns treffen", lässt er dem Studenten deshalb von seinen Eltern ausrichten. Rainer will nur mit einer Crew aufbrechen, die aus Männern besteht, die er persönlich kennt. Drei der fünf Experten, die an dem Projekt in Freetown mitwirken sollen, arbeiten für ihn. Vielleicht hat ja einer von ihnen Lust, mit auf die Abenteuertour zu gehen. Ulrich und Klaus, beide fest angestellte Volkswirte, lassen sich nicht lange bitten. „Ja, wir kommen mit!" Während es sich bei Uli um einen ziemlichen Draufgänger handelt, ist Klaus eher zart besaitet. „Willst du wirklich mit, Klaus? Das wird keine Spazierfahrt. Du hattest schon in den Slums von Monrovia mit der Armut der Leute Probleme. Schaffst du das?", will Rainer von ihm wissen. „Jedes Mal, wenn ich von Europa Richtung Süden über den afrikanischen Kontinent fliege, schaue ich sehnsüchtig hinunter auf die endlose Sandwüste der Sahara. Seit Kinderbeinen träume ich davon, einmal da durch zu fahren. Ich habe mir das sehr genau überlegt, Rainer. Ich will mit, die Gelegenheit bekomme ich vermutlich nie wieder." Beide Experten besitzen technischen Verstand und kennen sich mit Autos aus, während Rainer im VW-Käfer den Motor vermutlich unter der Kofferraumhaube suchen würde. So schlägt er ein und das Sahara-Team steht.

Am nächsten Morgen sitzt die bunt zusammen gewürfelte Truppe bei Rainer im Büro und studiert eifrig die Landkarte Afrikas. Uli, groß und breitschultrig, mit Locken auf dem Kopf und einem dicken roten Bart am Kinn ähnelt dem Bergsteiger Reinhold Messner. Wenn er lacht, dröhnt der ganze Raum. Und Uli lacht häufig. Dem Mann, Anfang 30, glaubt man sofort, dass er weder Tod noch Teufel fürchtet. Ganz anders wirkt der zierliche Klaus, der sich neben Uli wie eine halbe Portion ausnimmt. Das fein geschnittene längliche Gesicht wird von einem dünnen Haarkranz gekrönt. Seine blasse Gesichtsfarbe verstärkt den Eindruck, jeder kräftige Windstoß könnte ihn umwerfen. Nur die Augen des ebenfalls gut 30 Jahre alten Manns stehen in seltsamen Kontrast zu seiner sonstigen Erscheinung. Sie sind braun, aber stellenweise mit grünen Punkten versetzt und sprühen vor Energie und Tatendrang. Christian, der Medizinstudent, wirkt dagegen schlaksig und unbekümmert. Hoch gewachsen, hat er kein Gramm zu viel Körpergewicht und das modisch geschnittene Haar betont seine Jugend. Rainer kommt sich in diesem Kreis wie der Senior vor, wenn er auch nur wenige Jahre älter ist als seine beiden Experten. Als einziger der vier Männer raucht er Filterzigaretten. Das Nikotin hat seinen Schnurrbart schon leicht gelb verfärbt. „Wir haben wenig Zeit, also müssen wir die kürzeste Route nach Sierra Leone nehmen", erklärt er zu Beginn. Von Algier will er zunächst südwestlich bis nach Béchar fahren, um dann südlich über Adrar nach Reganne vorzustoßen. „Bis dahin fahren wir auf Teer, dann kommt der Sand." In Reganne nämlich beginnt die 700 Kilometer lange Wegstrecke durch die Sandwüste ohne Wasserstellen, Benzinstationen oder Vegetation bis zum algerischen Grenzposten Borbj-Moktar und weiter nach Tessalit in Mali. Die so genannte Tanezrouftpiste wird lediglich durch Fahrspuren und mit Steinen gefüllte Benzinfässern, die als Orientierungsmarken dienen, gekennzeichnet. „Die Sahara besteht nur zu 20 Prozent aus dem feinpulverigen Sand, mit dem wir alle den Namen Sahara verbinden", erklärt Rainer der Runde. „Der Rest ist Stein-, Fels- oder Geröllwüste." Von der algerisch-malischen Grenze will er dann Mali in einem großen Bogen in südwestlicher Richtung durchqueren. Zwar würden sie am liebsten von Bamako direkt durch Guinea nach

Freetown fahren. Doch die politischen Verhältnisse in Guinea lassen das nicht zu. So müssen sie eine Route durch den Nordwesten der Elfenbeinküste nach Liberia wählen, um dann von dort nach Sierra Leone zu gelangen. „Rund 5.000 Kilometer auf dem afrikanischen Kontinent, die müssen wir in 13 Tagen schaffen, zwei Tage benötigen wir bis Algier", beendet er seinen Vortrag. „Womit fahren wir eigentlich?", will Uli wissen. „Landrover?" Rainer schüttelt den Kopf. „Das muss ich noch klären. „Ich versuche Fahrzeuge preiswerter zu bekommen und den Herstellern dafür einen Testbericht der Saharadurchquerung anzudrehen. Bislang habe ich aber noch keine Antwort. Steht als nächstes auf meiner Liste." Die Männer verteilen weitere Aufgaben, die zur Vorbereitung einer solchen Tour gehören, und verabreden ein nächstes Treffen in zwei Tagen. Bis dahin muss die Autofrage geklärt sein.

Rainer schreckt hoch. Lautes Lachen hat ihn geweckt. Im Halbdunkel braucht er einen Moment, bis er sich orientiert hat und weiß, dass er sich nicht in Hamburg sondern im liberianischen Urwald befindet Er schwingt seine Beine über die Bettkante und sucht nach seinen Stiefeln. Eine Stunde hat er geschlafen. Bevor er in seine Schuhe schlüpft, schüttelt er sie kräftig aus. Ungebetene Gäste nisten sich nur zu gerne dort ein. Ihre Stiche schmerzen gewaltig, manche können sogar tödlich sein. Da ist Vorsicht geboten.

„Da kommt ja unser Held", begrüßt ihn Klaus. „Ich habe gerade von eurem Trip durch die Wüste nach Sierra Leone erzählt. Gaby wollte wissen, was dich nach Sierra Leone und später nach Liberia verschlagen hat. Weißt du noch, wie ihr beinahe schon an der französischen Grenze gestrandet wäret, weil der Student meinte, einen Witz machen zu müssen." Rainer schnappt sich eine Dose Bier und winkt ab. „Das hat der aber auch nur einmal gemacht. Es ist das Schlimmste, was dir passieren kann, einen Grenzbeamten zu verärgern, nicht, Gaby?" Die Botschaftsmitarbeiterin errötet leicht.

„Ich lerne gerade kräftig dazu. Klaus hat vorhin davon berichtet, welche Kniffs und Tricks er drauf hat, nicht nur um ungeschoren durch die Grenzen in Afrika zu kommen, sondern auch, wie er sich hier durchschlägt." Rainer registriert den bewundernden Blick, den Gaby seinem Freund zuwirft, und will nicht ganz auf der Strecke bleiben. „Ja, hat Klaus denn von unserer technischen Meisterleistung erzählt, als ich uns durch meine Raucherei in Mali quasi das Leben gerettet habe?" Das Kopfschütteln Gabys ermutigt Rainer weiterzuerzählen. „Uns brach bei einer unserer Touren der Auspuff direkt hinter dem Motor ab. Wir hatten noch 300 Kilometer bis nach Bamako. Klaus kam auf die Idee, eine leere Dose Erbsen als Verbindungsstück zu benutzen. Ich hatte als großer Junge natürlich ein Stück Bindfaden in der Hosentasche, doch Klaus meinte, damit könnten wir die Dose nicht an den Auspuffenden befestigen. Das hielte keine fünf Meter, dann würde das Band heiß werden und verbrennen. Da hatte ich die entscheidende Idee. Ich holte das Staniolpapier aus meinen Zigarettenschachteln und isolierte damit das Stück Bindfaden. Das hat dann bis nach Bamako gehalten."
„Seither darf ich Rainer nicht mehr kritisieren, wenn er sich eine Zigarette ansteckt", meint Klaus lachend, „dann sagt er immer nur: ‚Denk an unseren Auspuff!', und ich bin ganz still. Aber, erzähl mal, Rainer, wie bist du damals auf die Schnapsidee verfallen, mit einem Lada Niva die Ochsentour zu fahren."

Rainer setzt sich zu den anderen und beginnt zu erzählen: „Die großen Autohersteller von Geländewagen haben meine Anfrage, mir zwei Autos preiswerter zu überlassen und als Gegenleistung einen Bericht über die Durchquerung der Sahara zu erhalten, glattweg abgelehnt. Kein Interesse, hieß es. Touren durch die Sahara gebe es „wie Sand in der Wüste", hatte eine Firma sogar geschrieben und lediglich ihren Prospekt beigelegt. Rainer grollte noch heute: „Dem biete ich irgendwann mal ein Marketingtraining an. Sich lustig machen über Kunden!" Auch British Leyland hat damals lakonisch auf seine Niederlassung in Hamburg hingewiesen. So hatte ich mich eigentlich schon entschieden zwei Landrover zu kaufen. Weil die Niederlassung von British Leyland mich gebeten hatte meinen Pass mitzubringen, habe ich damals das erste Mal wieder da rein geschaut. Da war mir das Herz buchstäblich in die Hose gesackt."

3

Rainer hält seinen Reisepass in den Händen und traut seinen Augen nicht. Doch egal, wie lange er auf das Dokument starrt, es bleibt dabei: Der Pass läuft in acht Wochen ab. Für die verschiedenen Einreisevisa benötigt er aber einen Ausweis, der noch mindestens ein halbes Jahr Gültigkeit besitzt. Aus der Traum. Keine Saharadurchquerung, kein Aufenthalt in Sierra Leone, den Job muss ein anderer für ihn erledigen. Von der Beantragung eines neuen Reisepasses bis zur Ausstellung des Dokumentes benötigen die deutschen Behörden mindestens drei Wochen. Und sein momentaner Reisepass ist mit Stempeln übersät, wird also nicht mehr verlängert werden. Rainer greift sich seine Jacke und fährt zum Einwohnermeldeamt. „Passverlängerung – Bitte warten!" prangt draußen groß an der Tür. Rainer ignoriert das Ausrufezeichen, klopft an und tritt ein. Hinter dem Schreibtisch sitzt eine ältere Dame mit Hochsteckfrisur und einer Lesebrille auf der Nase. Sie telefoniert. „Können Sie nicht lesen? Warten Sie draußen!", herrscht sie den Eindringling an und deckt dabei die Hörermuschel mit der linken Hand ab. „Es handelt sich um einen Notfall. Bitte, entschuldigen Sie." „Notfälle gibt es bei mir nicht. Sie sind hier bei der Passverlängerung. Haben Sie das Formular ausgefüllt?" „Nein, wie gesagt, es handelt sich um einen Notfall!" „Else, warte mal, ich rufe dich gleich zurück, hier gibt es ein Problem", erklärt die Beamtin in den Hörer und legt auf. „Ohne Formular keine Passverlängerung!" „Bitte, hören Sie mir einen Moment zu." Rainer schildert der ungnädig lauschenden Beamtin seine missliche Lage und betont dabei auch, dass er im Auftrag der Bundesregierung in den westafrikanischen Staat reisen muss. Mit den Worten: „Sie sind die Einzige, die mir helfen kann", schiebt er der Frau seinen Pass über den Schreibtisch, in der auch seine Visitenkarte liegt. Die Dame ist noch vom alten Schlag. Als sie seinen Doktortitel sieht, hellt sich ihr Gesicht merklich auf. „Das wollen wir doch einmal sehen, Herr Doktor, ob Ihnen nicht geholfen werden kann. Lassen Sie den Pass hier und kommen Sie morgen früh um 8 Uhr direkt zu mir. Nicht warten, Herr Doktor, direkt rein, auch wenn eine Schlange davor steht." „Ja, meinen Sie, dass Sie da was tun können?" „Herr Doktor, ich schaue mir das mal an und spreche mit einem Kollegen. Morgen früh weiß ich mehr, Herr Doktor."

Rainer blickt in die aufmerksam lauschende Runde seiner Zuhörer. „Sag mal, aber diese Beamtin war ja wirklich noch vom alten Schlag!" Gaby schüttelt den Kopf. „So bedeutend ist doch heute ein Doktortitel nun wirklich nicht mehr." „Ach komm, Rainer, Du hast der Frau schöne Augen gemacht, gesteh´ es doch", frotzelt Henk, der holländische Betriebswirt, der in Rainers Auftrag hier im Urwald für ein halbes Jahr das Kommando übernommen hat. Der blonde, hagere Mann und seine ebenso blonde und hagere Frau Marliese hatten Rainer sofort überzeugt, als sie sich für das Projekt in Liberia bewarben. Beide hatten vor drei Monaten eine beträchtliche Liste von Einsatzorten in aller Welt und hervorragende Zeugnisse vorgelegt. „Lass Rainer, der kennt nur seinen Job", schmunzelt Marliese, die in diesem Moment mit einer Platte voller Wurst- und Käsestücke sowie Oliven aus der Küche hereinkommt. „Hier, für diejenigen, die nicht so gerne liberianischen Eintopf mögen", lächelt sie Gaby an und die Deutsche ist froh, endlich weibliche Verstärkung zu bekommen. „Servietten und Teller findet ihr hier auf der Anrichte." Rainer ist immer wieder erstaunt über die Ausrüstung, die Henk und Marliese mit in den Urwald geschleppt haben. Tischtücher, Servietten, ja sogar Tafelsilber und teures Porzellan. Als er kurz nach dem Start des Projektes einmal bei den beiden zu Gast gewesen war, hatte sich Henk zum Dinner einen Anzug und Marliese ein schwarzes Etuikleid angezogen. Der Tisch war gedeckt, als käme die holländische Königin zu Besuch. Rainer war sich in seiner Safarikleidung richtig schäbig vorgekommen und hatte gefragt: „Warum werft ihr euch so in Schale? Kommt noch hoher Besuch?" „Wenn du, wie wir, viel durch die Welt gekommen bist und oft im Busch warst, dann musst du dich entscheiden. Entweder, du orientierst dich an ein paar Normen, wie zum Beispiel europäischen Tischsitten, oder du verbuschst. Wir kennen so viele Europäer im Ausland, die – obwohl sie gutes Geld verdienen – vollends verwahrlost rumlaufen. Das wollen wir nicht." Da war Rainer aufgegangen, wieso das Paar darauf bestanden hatte, wesentlich mehr Gepäck mitzunehmen und einen Zuschuss zum Übergepäck hatte haben wollen.

Der Deutsche nimmt seine Erzählung wieder auf. „Vermutlich wären wir heute mit zwei Autos der Marke Landrover hier in Liberia. Aber damals auf dem Weg vom Einwohnermeldeamt zum Fahrzeug habe ich am Kiosk die neue Ausgabe der Zeitschrift Auto, Motor, Sport gekauft. Auf dem Deckblatt prangte ein Allrad-Fahrzeug. Der russische Hersteller Lada kündigte die Auslieferung eines kleinen Geländewagens an. In drei Wochen sollte der Lada Niva auf den deutschen Markt kommen und im kommenden Jahr, auf der Internationalen Automobil Ausstellung in Frankfurt, wollte Lada seinen Niva dann groß feiern. Da hat es bei mir gefunkt: Ein nagelneues Auto, das garantiert noch niemand durch die Sahara gelenkt hat, die müssen an einem Bericht über eine Saharadurchquerung interessiert sein.

Rainer weiß, dass das Unternehmen seine deutsche Hauptniederlassung vor den Toren Hamburgs in Neu Wulmstorf hat. Eine halbe Stunde später steht er in den Räumen des Lada-Importeurs. Er verlangt den Leiter der Niederlassung zu sprechen und hat Glück. Ein untersetzter, breitschultriger Mann begrüßt ihn in seinem Büro und erfasst sofort, welche Möglichkeiten für sein Unternehmen in diesem Geschäft stecken. Ein Lada Niva wird von einer Firma, die im Auftrage der Bundesregierung arbeitet, einem Härtetest unterzogen. Einmal mitten durch die Sahara. Eine bessere Werbung kann es nicht geben. „Die Autos werden in drei Wochen in Deutschland ausgeliefert." „Das ist zu spät für uns, wir brauchen sie nächste Woche." „Lassen Sie mich mal sehen, was ich machen kann. Zwei Autos sollten wir schon früher hier haben können." Schnell werden sich die beiden Männer handelseinig. Rainer schwebt geradezu aus dem Raum und sagt den Termin bei British Leyland ab.

„Wenn du nicht schon vorher durchgedreht bist, jetzt aber mit Sicherheit!" Rodrigo sitzt kopfschüttelnd vor seinem Geschäftspartner. „Hast du eigentlich schon mal davon gehört, dass neue Autos Kinderkrankheiten besitzen? Und Lada! Die bauen doch keine Autos, das sind doch Trecker. Soweit ich weiß, funktioniert nur die Heizung einwandfrei. Aber die wirst du wohl in der Sahara nicht gebrauchen können." Rainer lässt den Spott an sich abgleiten. „BMW baut bislang keinen Allrad, lieber Rodrigo. Sonst würde ich natürlich auf die Bayern setzen. Uli und Klaus kennen sich mit Autos aus. Außerdem werden die Autos ja noch für die Wüste extra hergerichtet. Die Firma wird ein großes Interesse daran haben, dass wir unterwegs in der Sahara nicht verloren gehen." Seine Passprobleme behält Rainer vorerst lieber für sich. Das kann bis morgen warten, sollte ihm die Dame im Einwohnermeldeamt die traurige Nachricht überbringen, dass sie nichts für ihn tun kann. Aber, warum soll das eigentlich nicht auch klappen? Rainer hat den Eindruck, dass ihm im Augenblick alles gelingt.

Pünktlich um 8 Uhr steht er am nächsten Morgen vor der Tür für Passangelegenheiten. Vier Bürger warten geduldig, so, wie vom Schild befohlen. Rainer geht an ihnen mit einem kurzen Kopfnicken vorbei und tritt ohne anzuklopfen ein. Er weiß, ein Sakrileg in deutschen Amtsstuben, aber die Beamtin hat ihn ja aufgefordert, direkt zu ihr zu kommen. Drinnen sitzt eine Frau, die gerade der Beamtin ihr sorgfältig ausgefülltes Formular über den Tisch reicht. Der Kopf der Beamtin schnellt hoch, sie will schon den obligatorischen scharfen Verweis erteilen und erkennt dann den Herrn Doktor von gestern. „Ach, Sie sind es. Kommen Sie rein!", flötet sie und wendet sich dann an die vor ihr sitzende Frau: „Entschuldigung. Das hier ist dienstlich. Könnten Sie bitte noch einmal draußen Platz nehmen, ich rufe Sie dann wieder herein." „Herr Doktor, Sie haben Recht gehabt. Da ist wirklich nichts zu machen mit Ihrem Pass", eröffnet die Beamtin das Gespräch, nachdem die Tür ins Schloss gefallen ist. Mein Kollege hat bestätigt, dass eine Neuausstellung immer mindestens drei Wochen dauert. Rainer hört ihr mit versteinertem Gesicht zu, in diesem Moment ist die Durchquerung der Sahara für ihn in unendliche Ferne gerückt. „Aber – hier ist Ihr Pass, Herr Doktor – er ist für ein Jahr verlängert und für die Visa finden Sie auch noch Platz darin." Mit einem zufriedenen Lächeln zieht die Beamtin das Dokument unter ihrem Schreibtisch hervor und sieht in diesem Moment den vermutlich glücklichsten Mann Hamburgs vor sich. Aber auch Rainer hat vorgesorgt. Aus seiner Jackentasche zaubert er eine Packung Pralinen. „Danke, ich habe es gewusst. Wenn es jemanden gibt, der mir helfen kann, dann sind Sie es", strahlt er die Beamtin an und verlässt glücklich die Einwohnermeldestelle.

„Ja, an den Tag erinnere ich mich auch noch ganz genau." Klaus erzählt, dass er an jenem Morgen den Freund in seinem Hamburger Büro angerufen hat und der ihm von seinen Plänen der Saharadurchquerung berichtete. „Wie habt ihr beide euch eigentlich kennen gelernt?", will Gaby wissen. „Na ja, ich habe in den 60ern rüber gemacht, wie man damals in Deutschland sagte. Bin aus der DDR geflohen, aber das ist eine eigene Geschichte. Habe damals in Hamburg Rainer auf der Reeperbahn getroffen – wo auch sonst." „Ja, aber du bist nicht lange geblieben, dich zog es weiter", erinnert sich Rainer. „Er ging nach Marseille, wurde von der Fremdenlegion angeworben und verschwand für ein paar Jahre in Algerien." Gaby schaut den stattlichen Mann an, unter dessen Baumwollhemd sich

Muskelpakete abzeichnen. Doch Klaus schweigt. Die Algerienzeit ist nicht dazu geeignet über sie zu plaudern.

„Tja, und dann habe ich ihn spontan gefragt, ob er nicht mit uns durch die Wüste fahren will, als erfahrener Wüstenfuchs", nimmt Rainer den Faden wieder auf, „und Klaus hat ebenso spontan eingewilligt und zugesagt von Bamako nach Algier zu fliegen, um uns dort an der Fähre in Empfang zu nehmen. Außerdem wollte er mir eine Liste zuschicken, wie wir die Autos für den Trip präparieren sollten, und hat dann gefragt, mit was wir fahren. Landrover? „Nee, fängt auch mit `L´ an, Lada", habe ich geantwortet. Noch heute klingelt mir sein dröhnendes Lachen im Ohr." „Entschuldige bitte, das hätte ich mir auch nie träumen lassen", grinst Klaus, „dass ich einmal mit einer russischen Karre durch die Sahara brausen würde, schon irre komisch. Ich habe dir damals allerdings geraten mit drei Autos zur fahren, zur Sicherheit, und habe dir dann ja in Bamako auch ein Auto abgekauft", erinnert sich Klaus. „Ja, nur das Fahrerproblem für das dritte Auto haben wir nicht gelöst bekommen und uns entschieden, bis Algier die drei Autos zu viert zu fahren, dann solltest du ja zusteigen.

Alles hat schließlich reibungslos geklappt. Wir bekamen drei Lada Niva und unserer `Mission Sahara´ stand nichts mehr im Wege. Wir wollten am 26. September starten und ich hatte ausgerechnet, dass wir 15 Tage für die Strecke benötigen würden. Wir hätten also am 10. Oktober in Freetown eintreffen müssen und dann noch zwei Tage Reserve bis zum 12. Oktober gehabt, an dem wir laut Vertrag in der Hauptstadt Sierra Leones sein mussten und die anderen Experten treffen wollten.

„Das war schon ganz schön knapp geplant, Rainer. Aber du bist ja Optimist, wie ich weiß, und es hätte wohl auch gar nichts gebracht, wenn ich vorgeschlagen hätte, mehr Zeit einzuplanen." „Klaus, früher hätten wir nicht losfahren können. Bis zum 26. September blieb noch viel zu tun, wenn ich nur an deine Liste denke, die du uns geschickt hast. Uli und Klaus haben Tag für Tag in der Werkstatt gestanden, um die drei Autos wüstentauglich zu machen." „Aber der Lada Niva blieb trotzdem ein zum Allrad aufgeblasener Polski-Fiat", erinnert sich Klaus. „Was habt ihr denn an den Autos verändert?", will Henk wissen.

„Zum Schutz der Vorderachsen hat Lada 15 Millimeter starke Stahlgitter unter die Autos montiert. Außerdem tauschten sie die gelieferten Kühlsysteme durch stärkere Einheiten aus, denn die Autos waren nur für den nordeuropäischen Markt ausgelegt und nicht auf die in der Sahara tagsüber herrschenden Temperaturen. Die hinteren Sitzbänke wurden als Luftfracht verpackt und nach Freetown geschickt. Sonst hätten wir dich, Gaby, heute gar nicht mitnehmen können." „Das wäre aber wirklich schade gewesen", wirft Klaus dazwischen. „Wir brauchten damals auf jeden Fall den Platz für Wasser- und Treibstofftanks", fährt Rainer ungerührt fort. „In jedem Auto verbauten wir elf Benzin- und drei Wasserkanister, gesichert durch Querstreben. Darüber hatten wir dann Platz für Ersatzteile, Werkzeug, Zelte, Schlafsäcke und Lebensmittelrationen. Außerdem haben wir noch die Luftfilter im Motorraum um 180 Grad gedreht und alle elektrischen Teile wasserdicht verpackt. Was wenige wissen, in der Sahara ertrinken mehr Menschen als sie verdursten, denn in der südlichen Sahara kommt es zeitweilig zu großen Überschwemmungen. Davon konnten wir später selber noch ein Lied singen; aber dazu später." „Ja, und ihr hattet Hühnerdraht mit", ergänzt Klaus. „Habt ihr Hühner mitgenommen, um morgens nicht auf euer Frühstücksei zu verzichten?", will daraufhin Marliese wissen. „Also, ich lege zwar auf Tischkultur wert. Doch das wäre dann auch mir etwas zu dick aufgetragen gewesen." „Nein", lacht Rainer, „Sandbleche sind im tiefen Sand einfach zu kurz, da kommst du mit einer Rolle Hühnerdraht viel weiter." „Ein Frühstücksei hätte mir schon gefallen", mischt Gaby sich ein. „Na dann schon besser Ham and Eggs gebraten auf der Kühlerhaube", strahlt

Klaus sie an, denn bei den Temperaturen kannst du auf eine Bratpfanne verzichten." „Na ja, für die Küche war ja unser Medizinmann Christian zuständig. Aber der hatte andere Sorgen", nimmt Rainer seine Erzählung wieder auf. „Dafür hat er sich aber beim Tropeninstitut schlau gemacht, was alles für einen solchen Trip in die Reiseapotheke gehört. Das hat sich später dann gründlich bewährt."

4

Draußen hat es sich mittlerweile eingeregnet. Doch das stört die Männer und Frauen im Camp, die rund um den Tisch sitzen, nicht. Gespannt lauschen sie der Erzählung von Rainer.

„Am 26. September sind wir also in Hamburg aufgebrochen. Uli, Klaus aus Hamburg und ich lenkten die schwer bepackten Lada auf Europas Straßen, während Christian abwechselnd jedem von uns als Beifahrer Gesellschaft leistete. Der Student besaß noch wenig Fahrpraxis und sollte, so hatten wir beschlossen, erst außerhalb Algiers eines der Fahrzeuge steuern. Außerdem wartete ja Klaus, als erfahrener Pilot, im Hafen von Algier." Rainer blickt seinen Freund vielsagend an. Der schweigt. „Wir hatten länger gebraucht als gedacht, denn an jeder Tankstelle wurden unsere Autos sofort von Neugierigen umringt. Schließlich gab es den Lada Niva bisher noch nicht auf deutschen Straßen zu sehen. Durch ihre spezielle Ausrüstung fielen die Fahrzeuge außerdem sofort auf. Ein Hauch von Abenteuer umgab uns und so mussten wir viele Fragen beantworten." Klaus hat ja schon erzählt, wie uns Christian an der französischen Grenze beinahe einen Strich durch die Rechnung gemacht hätte. Morgens früh um 4 Uhr erreichten wir schließlich Marseille.

Nach fünf Stunden Wartezeit konnten wir dann endlich an Bord der Fähre mit dem stolzen Namen Seralda. Das war aber schon alles, was an dem Kahn glänzte. Ehrlich gesagt, wäre mir wohler gewesen, das Schiff hätte direkt das nächste Dock zur Generalüberholung angesteuert", lacht Rainer im Rückblick. „Mit einer Stunde Verspätung verließen wir den Hafen in Richtung Algier. Wir haben gefaulenzt und irgendwann hat Uli ein Skatspiel ausgepackt.

„Worum spielen wir?" „Um die Ehre", schlägt Klaus vor. Doch die anderen winken ab. Rainer hat eine bessere Idee: „Wenn alles klappt, sind wir in sieben Tagen in Bamako. Mein Freund Klaus wird eine Dusche in seinem Haus haben und wir werden uns nach der Wüstentour nach nichts mehr sehnen als nach einem kalten Strahl Wasser. Wer gewinnt, darf zuerst duschen." Die Männer willigen ein. Stunden später steht der Sieger fest: Rainer. Die vier legen sich früh in einer Innenkabine schlafen. Die letzte Nacht im richtigen Bett für die nächsten sieben Tage, das wollen sie ausnutzen.

Algier empfängt seine Gäste in strahlendem Sonnenlicht. Das Paris des Mittelmeers lädt mit seinen weißen Häuserfassaden zum Bleiben ein; doch alle wollen schnell weiter. Uli, Klaus und Christian bringen die Autos durch den Zoll. Rainer verlässt das Schiff über die Gangway. Er will Klaus suchen. Da wird Rainer per Lautsprecher zum Kapitän gerufen. Der hagere, lang aufgeschossene Mann, dem seine Kapitänsuniform um den Körper schlackert, hat keine guten Nachrichten für Rainer parat. Wortlos drückt er ihm einen Funkspruch in die Hand, den das Schiff soeben von Radio Norddeich erhalten hat: „Kann nicht nach Algier kommen – Stopp – Darf nicht nach Algerien einreisen – Stopp – Sehen uns in Bamako – Stopp – Klaus."

„Du Armer!" Gaby ist ganz auf Mitleid gepolt. „Da bist du also gar nicht mit durch die Sahara gefahren?" „Arm ist gut. Wir waren die Gelackmeierten. Uns fehlte der wichtigste Mann", mault Rainer. „Ich musste nicht lange grübeln, wieso die Algerier Klaus die Einreise verwehrt hatten. Daran hättest du aber auch vorher denken können", beschwert er sich noch einmal bei seinem Freund. „Okay, ich war so fasziniert von der Idee, mit Euch mitzufahren. War 'nen bisschen kurzsichtig von mir", entschuldigt sich Klaus. „Aber das haben wir ja dann alles in Bamako geklärt." „Ja", Rainer nickt, „ich habe mich beim Kapitän bedankt und bin dann zu den anderen gegangen um ihnen die schlechte Nachricht zu überbringen."

„Ganz schön blöd", zürnt Uli, wobei er offen lässt, ob er Klaus' Unbedachtheit oder die ihnen daraus erwachsenden Konsequenzen meint. „Also, was machen wir nun?" „Fahren! Was denn sonst? Wir kaufen uns gute Straßenkarten. Den Kompass haben wir sowieso im

Gepäck. Wir kommen auch ohne meinen Namensvetter klar. Ist sowieso einfacher, dann müsst ihr euch den Namen nur einmal merken." Der sonst eher schüchtern wirkende Klaus offenbart plötzlich eine nicht gekannte Entschlossenheit. Rainer gibt den Befehl zum Aufbruch, bevor es noch zu Diskussionen kommt: „Auf geht's, Männer. Jetzt heißt es Benzin tanken, Karten kaufen und dann raus aus der Stadt."

Leichter gesagt als getan. 700 Liter Benzin für die drei Autos sollten in der Hauptstadt eines Öl fördernden Landes eigentlich leicht zu bekommen sein. Doch weit gefehlt. Alle Tankstellen, die von den drei Autos angefahren werden, verkaufen ihnen nur 30, höchstens einmal 40 Liter Treibstoff. So zieht sich das Auftanken der Lada Niva den ganzen Tag lang hin. Schließlich geht die Crew essen – das vorerst letzte vernünftige Mahl. Als die vier aus dem Restaurant zurückkommen, wirkt eines der Autos wesentlich kleiner als seine beiden Ebenbilder. Unbekannte haben alle vier Reifen des Autos zerstochen. Nun erweist es sich zum ersten Mal als großer Vorteil, mit einem Lada Niva unterwegs zu sein. Er verfügt über keine extra breiten oder besonders konstruierten Räder. So erhalten die Sahara-Fahrer in der ersten Werkstatt Ersatz und können die mitgebrachten Räder auf dem Dach schonen. Schließlich zeigt das Chronometer 18 Uhr, als die Autos Algier Richtung Süden verlassen.

Da die Männer fast einen ganzen Tag verloren haben, beschließen sie zu fahren, so lange es geht. Vor ihnen türmt sich majestätisch das Atlasgebirge. Nachts gegen halb drei, streicht Rainer die Segel. „Leute, ich muss ein paar Stunden schlafen, sonst fahr ich das Auto gleich irgendwo in den Abgrund." Schnell schlagen die Männer an einer abgelegenen Stelle ihre Zelte auf und kriechen in ihre Schlafsäcke. Nach wenigen Minuten sind alle fest eingeschlafen.

„Der nächste Morgen bot uns ein unvergessliches Panorama. Mascara lag vor uns, die Hauptstadt der gleichnamigen algerischen Provinz." Gaby unterbricht Rainers Erzählung, nun kann sie auch einmal etwas Wesentliches beisteuern: „Mascara kommt aus dem Arabischen und bedeutet ʼMutter der Soldatenʼ. Der Name hat etymologisch nichts mit der Kosmetik zu tun, die hat ihre Wurzeln im italienischen Wort für Maske: Maschera." Gaby befindet sich ganz in ihrem Element. Sie hat einige Zeit in Italien gelebt, was sie nun bei der richtigen Betonung des Wortes „Maschera" eindrucksvoll belegt. „Wieder was dazu gelernt, ich dachte bislang immer, die Stadt habe der Kosmetik ihren Namen gegeben." Klaus ist ganz begeistert von Gabys Einwurf, während Rainer etwas von „Steht in jedem Reiseführer" murmelt und fortfährt.

Mascara besteht aus einem neueren, französisch geprägten Teil und einem wesentlich älteren muslimischen. In Mascara war einst das Zentrum des Emir Abd al-Qadir, eines der Führer des algerischen Widerstandes gegen die französische Kolonialmacht. Die Deutschen steuern ihre Lada Niva ins Stadtinnere und genehmigen sich ein ausgiebiges Frühstück mit erfrischendem Pfefferminztee, der hier angeboten wird. Für die in den Geschäften feil gebotenen Lederwaren und hervorragenden Weine haben sie allerdings keinen Blick. Sie müssen heute noch ein gutes Stück Weges zurücklegen. Schnurgerade zieht sich die Asphaltstraße Richtung Süden. Mal trostlose, mal in ihrer Kargheit faszinierende Landschaftsbilder wechseln sich ab. Immer wieder legen die Lada-Fahrer einen Stopp ein. Gegen Abend haben sie immerhin 600 Kilometer zurückgelegt. Bis auf 60 Kilometer haben sie sich dabei der marokkanischen Grenze genähert. Am späten Nachmittag erreichen sie Béchar. Hier am Fuße des westlichen Großen Ergs unterhielten die Franzosen von 1952 bis 1967 ihren Raketenstartplatz Centre interarmées d'essais d'engins spéciaux, von dem sie 1952 ihre erste Flüssigstoffrakete Veronique starteten. Uli hätte am liebsten einen Abstecher zum wenige Kilometer entfernten gelegenen Stützpunkt gemacht, aber keiner weiß, ob das Gelände heute noch militärisches Sperrgebiet ist, und die Männer beschließen, da sie keine Lust auf Schwierigkeiten haben, Béchar zu durchfahren. Immerhin legt die Stadt Zeugnis davon ab, dass sie einmal Bahnknotenpunkt der Meterspurbahn von Mohammadia mit der ehemaligen normalspurigen Mittelmeer-Niger-Bahn war. Noch heute verkehren hier – wenn auch unregelmäßig – Personen- und Güterzüge. Rainer springt unter dem Vorwand, sich mit Zigaretten eindecken zu müssen, aus dem Auto. Wenigstens einen Blick will er auf den Bahnhof von Béchar werfen. „Weniger als die Strecke von Algier bis hierher, dann haben wir die Sandpiste hinter Reganne erreicht", ruft er den anderen Lada-Piloten zu, als er wieder in sein Auto klettert.

Als die Sonne untergeht, stoppen die Fahrer etwas abseits von der Piste. Während Christian und Rainer die Zelte aufbauen, kontrollieren Uli und Klaus die Autos. Die Motoren schnurren wie eine Eins und das Fahrwerk reagiert exakt und zuverlässig. Vorne an den Fahrzeugen haben die Männer jeweils zwei Haken angebracht. Sie wollen dort Wassersäcke im Fahrtwind kühlen. Denn es wird in den kommenden Tagen heiß werden. Schon heute waren die im Auto angebrachten Thermometer zeitweilig auf 41 Grad geklettert. Aber da es sich um eine trockene Hitze handelt, ist sie gut zu ertragen. Christian kocht auf dem Spirituskocher Wasser für Tee und serviert aus der Vorratskiste Brot aus der Konserve, Wurst und Fisch in Tomatensoße. Dann holt Uli aus seinem Privatgepäck eine Flasche Whiskey. Rainer erzählt von seinem Großvater und, dass er ohne seine Geschichten vermutlich heute nicht hier säße. „Später war ich dann einmal mit meinem Vater in Tansania. Wir haben dort Massai in ihrem Dorf besucht. Mein Vater war Arzt und hat einen der Häuptlinge behandelt, oder ihm, wie es damals hieß, das Leben gerettet. Wir waren gern gesehene Gäste und ein junger Massai hat mich schwer beeindruckt, der nach einem Medizinstudium in Oxford und einer Zeit als Arzt ins Dorf zurückgegangen war. Er wollte sich nicht länger der Hektik in Europa aussetzen." Als die

Männer an diesem Abend in dicken Jacken an ihren Fahrzeugen sitzen und in den dunklen afrikanischen Nachthimmel blicken, können sie mit der einkehrenden Ruhe die Entscheidung des Massai nachempfinden.

„Einem Massai würde ich ja auch einmal gerne begegnen!" Gaby hat Glanz in den Augen. „Das sollen ja tolle Männer sein. Außerdem ist die Kultur der Massai wirklich beeindruckend." „Ich glaube kaum, dass du dich in so einem Dorf lange wohl fühlen würdest, Gaby." Rainer geht die unreflektierte Schwärmerei gegen den Strich. „Als Frau hast du da nicht viel zu melden, zumindest nicht nach unserem Verständnis von Gleichberechtigung." „Ich habe ja auch nicht gesagt, dass ich da leben will", erklärt Gaby. „Aber eine Sünde sind die schon wert, mit ihrem athletischen Körperbau." Gaby schaut Klaus herausfordernd an. „Reinster Sexismus, also, ich muss schon bitten. Aber schön, dass du auch auf das Äußere achtest." Klaus streckt sich und lässt dabei seine Muskeln spielen. Rainer fährt fort.

Am nächsten Morgen sind die Männer früh auf den Beinen. Es ist nachts spürbar kalt geworden, doch jetzt, kaum zeigt sich die Sonne über dem Horizont, klettern die Temperaturen wieder rasch nach oben. Schnell werden die Zelte abgebaut und verstaut. Zum Frühstück gibt es dasselbe Programm wie zum Abendessen: Brot, Wurst und Fisch aus der Dose, dieses Mal in Senfsoße. Der Fruchtcocktail, ebenfalls als Konserve mitgebracht, stillt das Bedürfnis nach Zucker. Christian nimmt seine Aufgabe als „Medizinmann" der Truppe sehr ernst. Er besteht darauf, dass alle vier Vitamin- und Salztabletten schlucken, um bei der Hitze ihren Mineralhaushalt in Ordnung zu halten. Mindestens bis zur Oasenstadt Adra, die etwa 400 Kilometer entfernt liegt, will das Kleeblatt heute kommen. Obwohl sie nach wie vor auf einer Teerstraße unterwegs sind, müssen die Männer überaus konzentriert fahren. Immer wieder türmen sich Ausläufer von Wanderdünen auf den Fahrspuren. In Beni Abbès, einer Oase wie aus dem Bilderbuch, legen die Männer einen kurzen Tankstop ein, dann geht es weiter Richtung Adrar, das sie um 16 Uhr erreichen. Rund 20.000 Menschen leben zu dieser Zeit in der Oase. Sie legt in zahlreichen Gebäuden Spuren ihrer Jahrhunderte alten Traditionen ab, aber auch im reichen Kunsthandwerk spiegelt sich wider, dass Adrar ein Schmelztiegel arabischer Kulturen ist. Rainer und seine Crew beschließen, eine kurze Rast einzulegen.

In einem Café kommt ein Bewohner der Oase zu ihnen an den Tisch und fragt auf Französisch, wohin sie denn wollten. „Nach Reganne und dann weiter über die Tanezrouftpiste nach Mali." Sie ernten einen sorgenvollen Blick und den Rat: „Dann sollten Sie hier noch einmal tanken, Reganne hat zurzeit kein Benzin." Die Männer schauen sich an. Wenn der Algerier die Wahrheit sagt, haben sie ein Problem: Hinter Reganne beginnt die 700 Kilometer lange Piste durch die Sandwüste. Erst in Tessalit, dem Grenzübergang von Algerien nach Mali, werden sie die nächste Tankstelle finden. Für diese Strecke reicht ihr jetzt geladenes Benzin nicht aus. Sie beschließen, für jedes Fahrzeug zwei zusätzliche 30-Liter-Kanister zu kaufen und mit Benzin zu füllen. Erneut – wie schon in Algier – fahren sie in die Dunkelheit hinein, doch dieses Mal auf Staubstraße, denn hinter der Oase endet die angenehme Teerpiste. Es ist 22 Uhr, als Rainer und die drei anderen ihre Zelte irgendwo am Rand des steinigen Weges aufschlagen. Für jeden gibt es nur noch ein Brot und einen Becher Tee, dann wickeln sie sich in ihre Schlafsäcke ein. Knapp 600 Kilometer haben sie an diesem Tag geschafft. Sie schreiben den 30. September und sind fast wieder im Zeitplan, wie Rainer zufrieden nach einem Blick auf die Karte feststellt.

„Da wusstet ihr noch nicht, was Euch in den kommenden Tagen bevorsteht", lacht Klaus. „Ja, bis zu diesem Zeitpunkt war wirklich alles nur ein Kinderspiel." Rainer erhebt sich und schaut aus der Tür. „Der Regen lässt nach, was denkt ihr, wann sollten wir morgen früh aufbrechen?" „So früh wie möglich", meint Klaus. „Fahren wir hinter einander her?" „Können wir machen. Gaby, willst Du umsteigen? Klaus ist ein guter Fahrer und dann kannst Du auch vorne sitzen." Der Vorschlag kommt bei beiden gut an. Rainer ist froh, mit Festus allein zurückfahren zu können. „Aber, ich will noch den Rest der Geschichte hören", erklärt Gaby. „Dann treffen wir uns morgen oder übermorgen Abend in Monrovia und ich erzähle die Geschichte fertig. Jetzt ist es wohl besser, wir hauen uns alle noch für ein paar Stunden aufs Ohr."

Während Rainer zu Bett geht, bleiben Gaby und Klaus noch am Tisch sitzen. Klaus erzählt von seinen Erlebnissen in Algerien, Gaby hängt an seinen Lippen. „Ein richtiges Traumpaar", denkt Rainer, als er rausgeht, und weiß nicht, ob er das nun gut finden soll.

5

Ein fahles Licht dringt durch die Vorhänge, als Rainer am nächsten Morgen seine Sachen überstreift. Gaby und Klaus sitzen schon am Frühstückstisch. Rainer kennt seinen Freund, der kam schon immer schnell zur Sache und das gerötete Gesicht von Gaby lässt tief blicken. Rainer ist da anders und er vermutet, dass Gaby mehr Herzblut in so eine Affäre stecken wird als sein Freund Klaus. Doch erst einmal wischt er diese Gedanken beiseite. Die Arbeit ruft, eigentlich müssten sie alle schon wieder in Monrovia sein. Nach einer Tasse Kaffee lenken Festus und Klaus die beiden Autos vom Hof. Gaby fährt nun bei Klaus im Auto auf dem Beifahrersitz.

Der Untergrund ist wie erwartet schlammig. Auch wenn es vor Stunden aufgehört hat zu regnen, befindet sich die Straße in keinem guten Zustand. Klaus fährt mit seinem Lada Niva, den er Rainer in Bamako abgekauft hat, hinter Rainer her, und so kommt bei Rainer etwas von dem Gefühl auf, das er vor Monaten auf der Tour von Deutschland nach Freetown hatte. Festus ist ein schneller, aber umsichtiger Fahrer, so dass Klaus Mühe hat, das Tempo zu halten. Bald vergrößert sich der Abstand zwischen den beiden Autos. Rainer hängt seinen Gedanken nach und erinnert sich an ein Gespräch, dass er unlängst mit der Frau eines befreundeten Politikers in Liberia geführt hatte.

Er musste ihren Mann wegen einer geschäftlichen Angelegenheit dringend sprechen. Jeder wusste, dass der Politiker offiziell vier Freundinnen besaß. Offiziell war es, weil auch seine Frau davon wusste und es akzeptierte. Rainer hatte den Politiker an diesem Tag weder bei einer der Freundinnen gefunden, noch bei seiner Frau. Diese hatte ihn schließlich eingeladen auf ihren Mann zu warten. Im Laufe des Abends waren sie auf das Thema gekommen: „Du weißt doch, dass dein Mann Freundinnen hat. Stört dich das gar nicht? Bei uns wäre das unmöglich." Die Frau hatte ihn angelächelt.

„Wie scheinheilig ihr doch seid in Europa. Bei euch gehen die Männer mit anderen Frauen ins Bett, aber keiner darf es wissen. Wenn sie dann aber genug von der Frau haben oder sie erwartet ein Kind, dann lassen die Männer sie fallen. Bei uns werden die Frauen versorgt, bei euch müssen sie sehen, wie sie klar kommen. Wie also kannst du mich das fragen?" Rainer hatte darauf nichts erwidern können. Klaus lebte in Bamako nicht allein. Was würde seine Frau wohl sagen, wenn sie von Gaby erführe, würde auch sie es akzeptieren? Wohl kaum. Und die Botschaftsangestellte? Sie wusste bestimmt nicht, in welchen Verhältnissen Klaus lebt. Das gäbe vermutlich noch ein kleines Drama, aber das ginge ihn nichts an, beschloss er. „Ihr Europäer seid schon komische Menschen!" Festus spricht unvermittelt, den Blick auf die Straße gerichtet. „Ihr erklärt uns immer, dass die Ehe heilig ist, aber ihr selbst haltet Euch am wenigsten dran." „Kannst du Gedanken lesen, Festus?" Der Kru lächelt nur, aber antwortet nicht.

In diesem Moment gibt der hintere Reifen ein pfeifendes Geräusch von sich und das Auto gerät ins Schlingern. Festus hat Mühe, den Wagen auf der Piste zu halten. „Mist!", schimpft Rainer. Es hatte wieder angefangen zu regnen und die Aussicht hier im Schlamm, 60 Kilometer vor Monrovia, festzusitzen, bereitet ihm kein besonderes Vergnügen. Minuten später hält Klaus hinter ihnen. Festus macht sich schon im strömenden Regen am Fahrzeug zu schaffen. Rainer geht zu Klaus, der das Fenster auf der Fahrerseite herunterkurbelt. „Willst du ihm nicht helfen?" Gaby schaut Rainer vorwurfsvoll an. „Oder du, Klaus? Wenn Rainer schon zu bequem ist. Ihr könnt den armen Mann doch hier im Regen nicht allein schuften lassen", empört sie sich. „Es ist ja schön, dass du dein soziales Herz entdeckst, Gaby. Aber ich möchte meinen guten Fahrer Festus nicht verlieren." Gabys Gesicht ist ein einziges großes Fragezeichen. „Ich bin hier einmal bei einem früheren Auftrag in eine ähnliche Situation gekommen", erklärt

Rainer. „Es regnete heftig und es war relativ spät am Abend, ich wollte schnell heim. Da bin ich ausgestiegen und habe meinem Fahrer beim Reifenwechsel geholfen. Der hat nichts gesagt, aber auf der restlichen Fahrt beharrlich geschwiegen. Als wir in Monrovia ankamen, hat er noch am selben Abend gekündigt. „Wieso kündigst du?", habe ich ihn gefragt. Er war ein hervorragender Fahrer, genauso wie Festus. Er hat geantwortet: „Du traust mir nicht zu, dass ich dein Auto reparieren kann. Dann kann ich nicht länger Dein Fahrer sein." Es hat nichts geholfen, keine Erklärung, dass ich ihm doch nur hatte helfen wollen, kein noch so großzügiges Angebot, der Mann ist nicht wieder zur Arbeit erschienen. Er deutete mein Helfen wollen als Misstrauen. Hier in Liberia gehen die Uhren anders. Deshalb werde ich jetzt Festus allein arbeiten lassen und ihn dann morgen wieder als meinen Fahrer begrüßen können."

Nach zehn Minuten hat Festus es geschafft. Rainer und er klettern durchnässt ins Auto und setzen die Fahrt nach Monrovia fort. Klaus hat versprochen Gaby zu Hause abzusetzen. Sie verabreden sich für den nächsten Abend zum Essen bei Rainer. Schließlich sei er ihnen die Fortsetzung seiner Geschichte schuldig, meint Gaby.

Das Haus in Monrovia steht auf einem 400 Quadratmeter großen Grundstück, das komplett betoniert und eingezäunt ist. Grüne Gartenanlagen, wie Rainer sie aus Deutschland kennt, sind nicht üblich. Häuser dieser Art werden für den Eigentümer und dessen Familie gebaut, wobei sich der Begriff Familie nicht nur auf die eigene Frau und die leiblichen Kinder erstreckt. Zur Familie zählen alle Männer und Frauen aus dem Heimatdorf. Dieses Haus gehört einem Regierungsmitglied. Er hat es für die Projektdauer an die Deutschen vermietet. In seinem Inneren verfügt das Haus, neben mehreren Schlafzimmern und einer großen Küche, über einen mit 100 Quadratmetern großzügig geschnittenen Wohnraum. In dessen Mitte steht ein alles beherrschender Tisch.

Der Deutsche wird von seinen Leuten in Monrovia mit großem Hallo empfangen. Das Expertenteam in Sierra Leone hat sich gemeldet. Nächste Woche habe sich der Auftraggeber aus Deutschland angesagt. Ein Herr Buntschuh. Rainer wisse schon Bescheid, habe Rodrigo aus Deutschland gekabelt. „Das soll ein ganz bunter Vogel sein", meint Peter, einer der Experten in Liberia. Rainer solle auf jeden Fall nach Freetown kommen, habe Rodrigo gemeint. Das Projekt in Sierra Leone war mittlerweile so weit vorangeschritten, dass Rainer nicht permanent vor Ort sein musste. Deshalb hatten sie einen neuen Job in Liberia angenommen, der sie noch längere Zeit beschäftigen würde. Mit zwölf Experten ist Rainer hier in Liberia vor Ort. Rainer telefoniert mit Uli in Freetown und sagt sein Kommen zu. „So Leute, jetzt gibt es was zu essen! Ich habe einen Bärenhunger."

„Har bo eeh ou so bo eeh?" Suri, der Koch der Männer in Monrovia, fragt Rainer im breiten Slang der Einheimischen von Liberia. Rainer schaut ihn verständnislos an. Einer seiner Experten lacht: „Hard boiled egg or soft boiled egg? hat Suri gefragt, ist doch ganz einfach, kennst du doch: Südstaaten-Amerikanisch!" Alle lachen schallend; nur Suri weiß nicht, worüber die Europäer sich erheitern. Wenig später serviert er ein Gericht, das mit hart gekochten Eiern garniert ist. „Mann, haben wir es gut!" Rainer ist zufrieden und glücklich zurück in Monrovia zu sein. „Suri, morgen Abend haben wir Gäste. Lass uns am Vormittag auf den Markt gehen und einkaufen, aber es gibt keine `bo eeh´", ahmt Rainer seinen Koch nach. Suri, ein kleiner, rundlicher Mann mit schwarzen Knopfaugen, die sein Gegenüber nie im Unklaren lassen, ob er zornig, vergnügt, stolz oder gleichgültig ist, quittiert den Auftrag mit einem kurzen Kopfnicken. Rainer ist so, als habe er ein kurzes zufriedenes Aufleuchten in den Augen des Mannes wahrgenommen.

Einkaufen mit Suri ist wie mit jedem Koch in Liberia ein Erlebnis. Das Unternehmen erfordert immer drei Personen: den Koch, den

Hausjungen und den Hausherrn. In ganz Westafrika ist es dasselbe: Wenn es darum geht, Geld zu verdienen, machen immer Männer die Jobs. Zu Hause aber werden sie nie einen Handschlag tun. Mit kritischem Blick streift Suri über den Markt, begutachtet den Fisch, prüft seine Qualität und sucht die besten Stücke heraus. Dann geht es weiter zum nächsten Stand. Während Suri schaut, bezahlt Rainer, dann packt sich der Hausjunge die Ware und schleppt sie zum Auto. Rainer hat frühzeitig gelernt, dass er nie allein mit dem Koch zum Markt gehen darf, aber auch den Koch nicht allein mit dem Hausjungen losschicken kann. Der Deutsche würde gegen feste Regeln und Hierarchien verstoßen, was die sofortige Kündigung Suris zur Folge hätte. Niemals trägt der Koch die Ware nach Hause, er sucht immer nur aus. Und niemals würde er selbst bezahlen, das darf nur der Hausherr tun. Wenn der Hausherr aber die Ware trüge, wäre alles verloren. Für einen Hausherrn, der die Ware selber trägt, könnte ein Koch nie arbeiten. Also muss Rainer oder einer seiner Männer mindestens jeden zweiten oder dritten Tag mit Suri zum Markt, im Schlepptau immer den Hausjungen. Rainer akzeptiert die Riten, er weiß, dass Suri abends ein köstliches mehrgängiges Menü zaubern wird. So freut er sich schon beim Gang, der vorbei an Fisch- und Lebensmittelständen führt, auf den Abend. Davon, dass es vor wenigen Wochen Unruhen gab, weil die Regierung die Reispreise drastisch erhöht hatte, ist an diesem Morgen nichts zu spüren. Doch es ist eine Ruhe vor dem Sturm.

Klaus und Gaby kommen pünktlich. Während des Essens wird viel geplaudert. Gaby erzählt aus ihrer Jugendzeit in Berlin und von ihren Auslandsaufenthalten. In Literatur kennt sie sich blendend aus. Ein Themengebiet, bei dem Rainer und Klaus nur einsilbig antworten können, aber das stört sie nicht. Dann sitzen sie beim Wein zusammen und Klaus fordert Rainer auf, seine Geschichte vom Vortag fortzusetzen.

„Ja, wo waren wir? Kurz vor Reganne", beginnt Rainer. „Als wir aufwachten, trennten uns nur noch 40 Kilometer von der Oase."

Christian schwingt sich an diesem Morgen ans Steuer des ersten Autos. Uli folgt ihm im zweiten Lada und Rainer übernimmt mit Klaus das Schlusslicht. Nach 20 Kilometern steht die Karawane. Die Geröllpiste fordert ihren Tribut. Christians Auto hat einen Plattfuß. Er lenkt das Fahrzeug an den Straßenrand. Hinten rechts hat sich ein spitzer Stein durch die Reifendecke gebohrt. „Das haben wir gleich." Uli holt den Wagenheber aus dem Auto und zieht mit geübten Handgriffen die Schutzkappen von den Radmuttern. Christian will nicht tatenlos daneben stehen und schnappt sich den Kreuzschlüssel: „Lass mich mal machen". Doch so sehr er sich auch müht, die Muttern bewegen sich keinen Millimeter. Schließlich versucht er sein Glück, indem er auf den Kreuzschlüssel tritt. Ohne sichtbaren Erfolg. Die anderen drei stehen dahinter und betrachten schmunzelnd das Schauspiel. „Musst wohl noch ein paar Butterbrote essen!", schiebt Uli schließlich Christian zur Seite, der sich mit hochrotem Kopf in der heißen Sonne abmüht. Der stämmige Mann packt mit beiden Händen zu, ruckt einmal kurz an dem Kreuzschlüssel und die erste Mutter gibt mit einem knarrenden Geräusch nach. Klaus hat derweil das Auto mit Steinen abgesichert, damit es nicht wegrollen kann. Rainer hat den Wagenheber angesetzt und kurbelt den Lada mühelos nach oben. Innerhalb weniger Minuten steht das Auto nur noch auf drei Rädern in der Sonne. Klaus rollt das Ersatzrad heran und will es anstelle des luftleeren Rades auf die Achse setzen, doch er scheitert. „Dreh den Wagen mal ein bisschen höher!", ruft er Rainer zu, „das luftgefüllte Rad hat einen größeren Durchmesser als der platte Reifen." Doch das geht nicht. Der Wagenheber ist schon voll ausgefahren. Die Männer schauen sich ratlos an. Da meldet sich Christian schmunzelnd von hinten. Mit den Worten „Lasst mich mal ran", schnappt er sich vom Dachgepäckträger einen Spaten und beginnt unter dem Autorad eine kleine Kuhle auszuheben. „Im Gegensatz zu Deutschland fahren wir hier im übrigen nicht auf Teer und können deshalb ein Loch in die Straße buddeln, meine Herren", erklärt er lakonisch. „Nicht nur hier", er zeigt auf seinen Bizeps, „sondern auch hier!", und tippt dabei an seine Stirn. Schnell ist nun das Rad gewechselt und nach weiteren 20 Kilometern erreichen die Lada die Oase. In einer Werkstatt lassen sie den Reifen reparieren. Tatsächlich gibt es in Reganne kein Benzin. Aber die Männer füllen Wasser in ihre 30-Liter-Tanks. Es folgt ein Foto unter dem großen Wegweiser, der auf Borbj-Moktar, den algerischen Grenzposten, und auf Tessalit, den Grenzort in Mali hinweist: 700 Kilometer Wüstenpiste ohne Wasser, Benzin und Vegetation liegen vor ihnen, gekennzeichnet nur durch mit Steinen gefüllte Benzinfässer als Orientierungsmarken und, wenn die Fahrer Glück haben, durch Spuren im Sand. Das Abenteuer kann beginnen.

Rainer fährt das erste Auto ohne Dachgepäckträger, hinter ihm folgt Klaus, auf dessen Beifahrersitz Christian Platz genommen hat. Das Schlusslicht bildet Uli mit seinem Lada Niva. Am letzten Haus der Oase winken ihnen freundliche Menschen zu. Rainer winkt zurück und gibt Gas. Vor den Männern breitet sich eine Landschaft aus, die bald in alle vier Himmelsrichtungen nur eine Farbe kennt: Gelb. An den Rändern zerfließt das Bild und mischt sich mit dem blassblauen Himmel, der sich über ihnen wölbt und in dessen Zenit die Sonne unbarmherzig brennt. Die Quecksilbersäule des Thermometers klettert auf 50 Grad und damit an den Anschlag des Instruments, der heiße Wüstenwind bringt keine Abkühlung. Die Piste ist uneben und oft können die Piloten kaum erkennen, wo der Weg in tieferen Sand übergeht. Ein kurzer Moment der Unaufmerksamkeit genügt und schon rutscht Rainers Lada von der Piste und sitzt im weichen Saharasand fest. Alles vorsichtige Hin-und-Her-Schaukeln hilft nichts, der Wagen gräbt sich immer tiefer in den weichen Untergrund. Raus aus dem Auto und mit den Spaten graben, lautet die Devise. Doch der feingelbe Sand rutscht sofort nach. Klaus holt den Hühnerdraht aus dem Fahrzeug und wickelt ihn gemeinsam mit Christian ab, während Rainer und Uli ein Fahrzeug als Zugesel vor das festgefahrene Auto spannen. Jetzt sind die Männer dankbar für den Tipp, den ihnen Klaus aus Mali gegeben hat. Schritt für Schritt ziehen die Männer auf dem ausgerollten Hühnerdraht mit einem extra langen Abschleppseil den Lada aus dem tiefen Sand. „Wasser!", stöhnt Klaus und schnappt sich seine Literflasche. „Denk dran, sieben Liter an jedem Tag für jeden!" ruft ihm Christian zu. „Ich wasch mich nicht, aber ich muss trinken", kommentiert Klaus den Hinweis.

„Sag nur, ihr habt euch die ganze Zeit nicht gewaschen", unterbricht Gaby die Erzählung Rainers. „Ich wusste es doch immer, Männer sind Schweine!" „Ich bin kein Schwein, denn ich wusste schon beim Skat spielen auf der Fähre, warum ich den Preis einer Dusche bei Klaus vorgeschlagen und gewonnen hatte. Die anderen haben mir später permanent den Vorwurf gemacht, ich hätte sie übers Ohr gehauen. Lieber hätten sie 100 Dollar verloren, als erst nach mir duschen zu dürfen." Klaus stimmt dem zu: „Gaby, ich nehme dich mal mit auf eine mehrtägige Tour in die Wüste, dann wollen wir mal sehen, was dir wichtiger ist, Körperpflege oder Durst?" Rainer setzt nach: „Wenn sich alle nicht waschen, fällt das gar nicht so auf, dass man stinkt." „Ihr seid ekelhaft", schüttelt sich Gaby. „Ich fahr lieber mit dir nach Sansibar, Klaus! Was soll ich in der Wüste?" Rainer schaut von seinem Freund zu der Botschaftsangestellten und fragt sich, was die beiden verbindet. Gegensätze ziehen sich ja angeblich an. Vielleicht ist es das. „Du bist vermutlich kein Abenteurertyp, Gaby, so wie Klaus. Den kann ich mir auf Sansibar nicht vorstellen." Rainer kann sich nicht zurück halten: „Aber mir gefällt es da ausnehmend gut." Rainer kassiert einen vielsagenden Blick von Klaus, und bevor das Thema eskaliert, setzt er lieber seine Erzählung fort. „Uns hat die Tour viel Spaß gemacht, obwohl wir es auf den nächsten 60 Kilometern ganz schön dicke kriegten!"

Der nächste unfreiwillige Halt für das Kleeblatt aus Deutschland kommt 20 Kilometer später. Uli, der jetzt die Führung übernommen hat, schätzt den Verlauf des Weges falsch ein. Dieses Mal gehen die vier zwar schon routinierter an ihre Aufgabe heran. Dennoch benötigen sie wieder fast eine komplette Stunde, bis das Auto auf festem Grund steht. Uli meldet Bedenken an: „Wenn das so weiter geht, brauchen wir nicht zwei Tage, sondern Wochen bis nach Tessalit und zwischendrin sind wir verdurstet". „Pessimist, warum sollte das in dem Tempo weitergehen? Wenn die ganze Strecke so schwierig zu fahren wäre, hätte uns Klaus gewarnt", gibt Rainer sich optimistisch. Doch kurze Zeit später sitzt schon wieder ein Auto fest. Da tauchen am Horizont drei Lastwagen auf. Sie nähern sich schnell. Die Fahrer stoppen ihre Kolosse neben den Deutschen, die im Sand schuften. Die Fahrer sind Franzosen. Sie kommen aus Algier und sind auf dem Weg nach Benin. Wie sie erklären, fahren sie die Strecke weitgehend ohne Pause. Nach kurzem Hallo erzählen die Franzosen den Deutschen, dass sie in Algerien zur Fahndung ausgeschrieben seien. Ungläubig schütteln die vier den Kopf. „Wieso?" „Ihr hättet in Reganne besser nicht die Kontrollstation überfahren sollen, das haben die Algerier nicht so gern." „Welche Kontrollstation? Die Grenze ist doch erst in 700 Kilometern Entfernung nach Borbj-Moktar!" Nun erfahren die Vier, dass es sich bei den winkenden Männern am Ortsausgang von Reganne nicht um freundliche Einheimische, sondern um Grenzbeamte gehandelt hatte, die hier am Beginn der Tanezrouftpiste ihren Dienst versehen. „Ihr solltet umdrehen und zurückfahren", erklären die Lastwagenfahrer den Deutschen. „In Mali lassen die euch ohne den Stempel im Pass nicht rein, die schicken Euch zurück nach Reganne." Verzweifelt schauen die Männer sich an. Noch einmal die letzten fürchterlichen 60 Kilometer zurück? Wie sollen sie den Zeitverlust wieder hereinfahren? Aber, es hilft nichts. Die Lastwagenfahrer erlauben sich mit ihnen sicherlich keinen Spaß. Besser jetzt als nach weiteren 650 Kilometern umdrehen. Die Deutschen fahren vorsichtig – dieses Mal ohne sich festzufahren – zurück nach Reganne.

6

Der Empfang ist frostig. Aber Rainer, Uli und Klaus haben genügend Erfahrung mit Grenzposten in afrikanischen Ländern und setzen auf Freundlichkeit. Das braucht Zeit. Umständlich müssen sie den Männern glaubhaft machen, dass sie nicht wussten, dass sie in Reganne einen Stempel in den Papieren benötigen. Sie entschuldigen sich mehrmals, lassen alle ihre Papiere und Fahrzeuge genau kontrollieren und halten zwischendurch mit den Grenzbeamten immer wieder ein kleines Schwätzchen. Dabei klagen die Männer ihnen ihr Leid über diverse Krankheiten, die sie plagen.

Das ist der Einsatzbefehl für Christian. Auf Anraten Rainers hat er jede Menge Placebos in seinen Medizinkoffer gepackt. Nicht nur in deutschen Krankenhäusern werden manches Mal wirkungslose Tabletten an Patienten verabreicht, nur weil diese nach Medizin verlangen und sie sich damit besser fühlen. Auch in Afrika spielen Placebos eine große Rolle. Die bunten Pillen versprechen Heilung, auch wenn sie tatsächlich gar nichts bewirken. So verabreicht Christian dem einen Mann gegen Schmerzen in den Beinen blaue Pillen, die er einmal morgens und einmal abends nehmen muss, immer genau dann, wenn die Sonne über dem Horizont erscheint oder hinter ihm verschwindet. Der Mann ist glücklich und fühlt sich gleich besser.

So vergehen Stunden, aber schließlich haben die Deutschen Erfolg. Alle Papiere sind freigestempelt, ihrer Einreise in Mali steht von algerischer Seite nichts mehr im Wege. Rainer und seinen Männern graut allerdings vor dem ersten Stück der Tanezrouftpiste, das vor ihnen liegt. Die Lastwagenfahrer haben ihnen zwar gesagt, die ersten 60 Kilometer seien die schwierigsten der Strecke, aber auch die wollen nun zum zweiten Mal bewältigt werden und es ist schon später Nachmittag. Als Rainer vor die Tür des Kontrollpostens tritt, trifft ihn ein Windstoß. Er führt feinen Sand mit, der wie tausend Stecknadeln auf seine Gesichtshaut trifft. Sandsturm! Heute sollten sie wohl nicht mehr weiterfahren. Die Lada-Piloten suchen sich am die Oase umgebenden Wasserring einen Platz und schlagen ihre Zelte auf. Noch einmal wird alles kontrolliert, werden die Wasservorräte aufgefüllt und für einen frühen Start bereit gemacht. Morgen früh um 3.30 Uhr soll der Wecker klingeln, um 4.00 Uhr wollen die Männer die Tanezrouftpiste ein zweites Mal in Angriff nehmen.

Diesmal klappt es reibungslos. Keiner winkt – weil alle Posten noch schlafen – und die Autofahrer kennen jetzt die Tücken auf den ersten Kilometern der Sandstrecke. Nur noch einmal fahren sie sich auf diesem Stück fest, als Klaus in feinem Sand den falschen Gang erwischt. Dann erreichen die Lada eine ebene, fest gefahrene Piste. Über 200 Kilometer können die Piloten Gas geben, ohne auf den Untergrund achten zu müssen. Zeitweilig fahren sie dabei sogar nebeneinander her, um den Staub nicht schlucken zu müssen, der sich in langen Fahnen hinter den vorausfahrenden Autos herzieht. Dann wechseln sich unterschiedliche Böden ab. Mal feiner Sand –- so genannter fesh-fesh – mal grober Sand, mal Steinwüste. Nirgendwo ein Halm oder Strauch. Den Männern ist, als ob sie permanent auf einer stark gekrümmten Kugel fahren, ihr Blick reicht von Horizont zu Horizont und rückt den Punkt, an dem Himmel und Erde scheinbar aneinander stoßen, in fast greifbare Nähe. Gegen Mittag erreichen die drei Fahrzeuge den ehemaligen französischen Posten Weygand. Keine Menschenseele ist in den verlassenen Nissenhütten. Christian warnt vor Skorpionen. In dieser Region leben gleich sechs der giftigsten Vertreter ihrer Spezies. Er führt, wie er den Mitreisenden erklärt, Novacain-Suprarenin im Apothekenkoffer mit: „Ein Mittel, dass ich zur örtlichen Behandlung spritzen kann, und zwar in die unmittelbare Umgebung des Stiches." Das Präparat verenge die Gefäße und verhindere, dass sich das Gift im Körper ausbreiten könne. Keiner seiner möglichen

Patienten will ausprobieren, ob das Mittel hält, was Christian verspricht. Und so heben sie keine Steine an und setzen ihre Füße vorsichtig voreinander.

Klaus schaut auf die vor ihnen liegende Strecke und fasst Rainer am Arm. „Schau!" Der Himmel verschleiert sich zusehends. Eine dichter werdende, schmutzig gelbe Wolke nimmt ihnen die Sicht. „Ein Sandsturm. Wir fahren eng hintereinander und alle haben das Funkgerät an", gibt Rainer die Devise aus. Er will nicht noch mehr Zeit verlieren, schließlich fehlt den Männern durch ihre Zwangspause in Reganne wieder ein ganzer Tag. Die Orientierung wird immer schwieriger. Christian sitzt im ersten Fahrzeug auf dem Beifahrersitz und hält nach den schwarzen Tonnen Ausschau, die ihnen den Weg weisen sollen. Fahrspuren sind nicht mehr zu sehen. Immer häufiger nimmt der Student den Kompass zu Hilfe. Die Fahrt geht durch feinen Sand, hier leistet das Allrad-Getriebe des Lada hervorragende Dienste. Schließlich akzeptieren die Männer, dass die Wüste das Tempo vorgibt. Nichts geht mehr. Sie fahren ihre Fahrzeuge im Dreieck zusammen. Die Fahrer sind am Ende ihrer Kräfte. In der Mitte der kleinen Wagenburg schlagen die Deutschen ihre Zelte auf und kriechen in die Schlafsäcke. Hunger hat keiner von ihnen, ihren Durst stillen sie aus dem Wasser, das vorne an den Autos in Wassersäcken hängt. Es ist brühwarm, Christian verteilt Pfefferminztee-Beutel. Das Sahara-Team hat an diesem Tag 550 Kilometer zurückgelegt.

„Ist das nicht tief romantisch?" Klaus neckt Gaby, die dem Bericht von Rainer mit kritischem Blick folgt. „Stell dir doch mal vor, wir in so einem kleinen Zelt und draußen tobt der Sandsturm!" „Also, ich glaube, ich überlege mir das noch einmal mit dir", frotzelt Gaby zurück. „Was ist denn daran romantisch, wenn durch alle Ritzen der Sand rein fegt und man nicht weiß, ob man am nächsten Tag unter einer Düne begraben liegt?" Die Tür geht auf. Peter steckt seinen Kopf herein. „Rainer, du müsstest morgen früh mal ins Krankenhaus. Ich habe eben 'nen Anruf von Henk erhalten. Da hat sich ein Arbeiter draußen im Urwald verletzt. Nicht lebensgefährlich, aber der muss zum Arzt. Sie machen sich jetzt mit ihm auf den Weg. Du müsstest dich morgen mal drum kümmern." Rainer nickt.

„Sag mal, Dich hat es doch auch richtig erwischt auf der Fahrt?" Klaus lenkt die Aufmerksamkeit zurück auf die Saharatour seines Freundes. „Na, ja. Wie man es nimmt. Ich habe viel Glück gehabt", erklärt Rainer und setzt seine Erzählung fort.

Der Sandsturm hat sich gelegt. Rainer pellt sich am nächsten Morgen als erster aus dem Schlafsack. Glücklicherweise sehen die Zelte nicht so aus, wie sie es aus Erzählungen kennen, in denen nur noch deren Spitze aus dem Sand ragt. Die Autos haben guten Schutz geboten. Rainer weckt die anderen. Heute hätten sie laut seiner Zeitplanung Bamako im Süden Malis erreichen müssen. Das liegt mehr als 2000 Kilometer oder mindestens zwei bis drei Tagesreisen vor ihnen. Rainer sitzt das Projekt im Nacken, und obwohl es eigentlich Christians Aufgabe wäre Kaffee zu kochen, schnappt Rainer sich den Spirituskocher. Ohne Kaffee und das obligatorische Frühstück aus Brot, Wurst und Obstcocktail soll keiner auf die Strecke gehen. Während der Student etwas abseits noch seine Morgentoilette verrichtet, hält Rainer sein Feuerzeug an den Kocher. Der Tank ist offensichtlich leer, zumindest entzündet sich keine Flamme. Rainer will deshalb den Vorratsbehälter des Kochers auffüllen und nimmt dazu einen Fünf-Liter-Kanister in die Hand. Eine Stichflamme, dann zerreißt ein Knall die Stille der Wüste, Rainer steht in Flammen. Im gleißenden Licht der schon über dem Horizont stehenden Sonne hatte er sich täuschen lassen und nicht erkannt, dass sich der Spiritus doch schon entzündet hatte. Uli steht wie festgewurzelt und starrt auf den brennenden Kollegen, Christian ist zu weit weg, aber Klaus reagiert sofort. Er wirft sich auf Rainer, wälzt ihn hin und her und schaufelt Sand auf den Kollegen. Schnell hat er die Flammen erstickt. Rainer trägt kleinere Brandblasen am Brustkorb davon, von dem sein kurzärmeliges Baumwollhemd nur noch in Fetzen herunterhängt. Aber der ganze linke Arm ist verbrannt. Christian versorgt vorsichtig die Brandwunden. Er hat Brandsalbe im Gepäck, die er auf die schmerzenden Stellen aufträgt, dann legt er vorschriftsmäßig einen Verband an. Die Gretchenfrage aber lautet: Wie wird Rainer die Schmerzen aushalten können? Jeder, der sich nur einmal die Hand verbrannt hat, weiß, welche Pein diese Wunden auslösen können. Christian will Rainer Morphium spritzen, doch der lehnt ab. „Gib mir starke Schmerztabletten und ich fahre!" „Auf keinen Fall, du kannst doch nicht weiter fahren", protestieren die anderen. Aber Rainer lässt sich von seinem Vorhaben nicht abbringen. „Wenn ich auf dem Beifahrerstuhl sitze, dann kann ich mich die ganze Zeit mit den Schmerzen beschäftigen und drehe durch. Es ist besser, ich fahre und konzentriere mich darauf." Er lässt sich den Arm am Körper festbinden, schluckt starke Schmerztabletten und setzt sich ans Steuer. Christian rutscht als Medizinmann auf den Beifahrersitz und die kleine Karawane bricht ohne Frühstück zu ihrem nächsten Ziel auf, dem algerischen Grenzposten Borbj-Mokta.

Noch einmal kommt ein Sandsturm auf. Rainer fährt mit Christian wieder vorne. Der Student muss die Truppe navigieren, was angesichts der oft fehlenden Benzintonnen nicht einfach ist. Glücklicherweise lässt der Sandsturm dieses Mal schnell nach, doch die Spuren auf der Piste sind verschwunden. Ohne Kompass wären die Männer verloren. Schließlich erreichen sie nach drei Stunden Borbj-Moktar. Dort treffen sie die französischen Lastwagenfahrer wieder, die offensichtlich ihren Plan aufgegeben haben, ohne Halt bis Benin durchzufahren. Rainer fühlt sich einigermaßen fit, die Schmerztabletten wirken und ihre starke Dosis versetzt ihn in einen kleinen Rausch. Seine drei Mitfahrer kontrollieren die Autos, dann geht es weiter durchs Niemandsland Richtung Tessalit und malische Grenze. Plötzlich taucht am Straßenrand eine Tuaregfamilie auf. Sie bietet den Männern Souvenirs an. Das kunstvolle Schwert, das der Mann am Gürtel trägt, hat es Rainer sofort angetan. „Unverkäuflich", heißt es, doch Rainer besitzt viel Erfahrung im Handel mit Afrikanern und weiß, dass er dieses „Nein" nicht sofort akzeptieren darf. Trotz des herrschenden Zeitdrucks verwickelt er den Tuareg in ein längeres Gespräch. Schließlich ist der Tausch perfekt: Die Tuaregfamilie erhält einen 30-Liter-Kanister mit Wasser und Rainer als Gegenstück das Schwert. Noch 30 Kilometer trennen die Männer von der malischen Grenze. Dann haben sie Tessalit erreicht und damit die Tanezrouftpiste durch die Sahara bezwungen.

Geschlagene drei Stunden benötigen die Zöllner, um die Deutschen mit ihren drei Lada ins Land zu lassen. Schnell begreifen die Grenzgänger, dass die Beamten von ihnen eine Gegenleistung erwarten. Deren Auto springt nicht mehr an, die Schreibmaschine funktioniert nicht und die Funksprechgeräte bekommen keine - Verbindung zueinander. Klaus und Uli haben bald die Ursache gefunden, weshalb sich der Motor des Patrouillenfahrzeugs nicht starten lässt: Der Stecker ist von der Zündkerze gerutscht. Die Schreibmaschine stellt beide schon vor größere Schwierigkeiten. Das elektrische Gerät ist schlicht für diese Gegend ungeeignet, darin sind sich die Männer sofort einig. Mit einer ordentlichen mechanischen Maschine wären die Grenzbeamten viel besser bedient. Aber was hilft es? Immer wieder bricht bei der Schreibmaschine die Stromversorgung zusammen. Schließlich finden die Deutschen den Wackelkontakt und können die Maschine den Grenzern funktionstüchtig übergeben. Wieso allerdings die Funksprechgeräte plötzlich wieder arbeiten, bleibt den Deutschen ein Rätsel.

Rainers Gäste sind in Monrovia mittlerweile zum Tee übergegangen. „Ich muss noch fahren und riskiere hier lieber nicht angehalten zu werden", meint Klaus. „Sag mal, Rainer, du bist doch in Tessalit dann sicherlich zu einem Arzt gegangen, oder?", fragt Gaby. „Nein, so etwas gab es da nicht, beziehungsweise es war mir bei der Vorstellung nicht wohl, mich in die Hände irgendeines Quacksalbers zu begeben", erklärt Rainer. „Am Abend des ersten Tages jedenfalls hatte ich einen völlig aufgescheuerten Oberschenkel, mit dem ich immer das Lenkrad beim Schalten gehalten hatte. Und dann kamen mit der Ruhe auch die Schmerzen. Ich habe aber trotzdem beschlossen, bis nach Bamako zu Klaus zu fahren, der dort sicherlich einen guten Arzt wusste. „Den hast du dann ja gar nicht mehr gebraucht", erinnert sich Klaus. „Nein, als ich Christian den Verband in Bamako abnehmen ließ, war alles so gut verheilt, dass ich keinen Arzt mehr benötigte." „Ihr habt den Verband unterwegs nicht gewechselt? Ziemlich unhygienisch, oder?", Gaby schüttelt den Kopf. „In der Wüste herrschen andere Gesetze, da ist außerdem die Luft so trocken, dass es nur wenige Keime gibt", meint Rainer leichthin. „Auf jeden Fall sind wir erst am nächsten Tag weiter nach Gao. Das war ein ziemlich heftiges Stück, mit felsigen Partien und tiefen Sandstellen – zwei Reifenpannen hatten wir – und dann morastigen Strecken, wie du sie ja nun auch kennst, Gaby. Die eigentliche Hiobsbotschaft erreichte uns aber kurz vor Gao. Leute erzählten uns, dass nach Gao alle Straßen weggeschwemmt seien und schon seit Tagen niemand mehr Richtung Bamako durchgekommen sei. Aber das hatten uns andere auch schon über die Strecke nach Gao berichtet und so haben wir uns erst einmal keine großen Sorgen gemacht. In Gao übernachteten wir in der Waschküche eines kleinen Hotels. Es war wie eine Art Gefängniszelle, bis zur Decke gefliest. Wir hatten einfach das starke Bedürfnis, wieder einmal vier Wände um uns zu haben. Dass die allerdings keine Fenster besaßen und es entsetzlich stank, war die andere Seite der Medaille. Aber es gab kleine Dosen Bier für den sündhaft teuren Preis von acht US-Dollar das Stück. Allein weil das Bier eisgekühlt war, war es uns aber jeden Preis wert. Wir haben wunderbar geschlafen, auch ich, trotz der Schmerzen."

„Gute Idee! Schlafen." Klaus zwinkerte Gaby zu. „Rainer, wir sollten bald aufbrechen. Nicht, dass ich unhöflich sein will, aber ich muss morgen zurück nach Bamako und früh raus." „Na, das Ende der Reise ist auch schnell erzählt. Wir fuhren weiter nach Mopti und dort erlebten wir eine böse Überraschung."

Nachdem Rainer und seine Crew am nächsten Tag den Niger mit einer klapprigen Flussfähre überquert haben, stehen sie kurz vor Mopti vor einer Straßensperre. Es ist Mittagszeit und niemand lässt sich blicken, der den Schlagbaum, der über die Straße reicht, öffnen könnte. So warten die Deutschen geduldig, schließlich erinnern sie sich noch allzu gut an die Folgen, als sie in Reganne die Kontrollstation überfahren hatten. In Mali dauert es schließlich über eine Stunde, bis sich ein Grenzbeamter blicken lässt. Er fragt die Deutschen – wieder einmal – ob sie ihm sein Funkgerät reparieren können. Doch dieses Mal müssen die vier verneinen. Da schiebt der Mann ohne große Formalitäten die Sperre beiseite. „Eigentlich ist das Ganze ja ein Witz", meint Uli, als sie in ihre Wagen zurück klettern. „Rechts und links ist kein Zaun oder ähnliches. Was hätte uns abhalten sollen, um die Sperre herumzufahren?" Später sollen sie erfahren, dass dies in diesen Tagen übliche Praxis in Mali ist, da die Beamten in der Regel weder über funktionierende Funkgeräte noch über Munition für ihre Pistolen verfügen, die sie am Gürtel tragen.

Immer langsamer kommen die Männer voran, die Piste ist rutschig oder existiert nicht mehr und die Lada müssen sich durch Dorngestrüpp einen Weg suchen. Dann stehen sie vor einem großen, nicht enden wollenden See, der sich zu beiden Seiten ausbreitet. Vor ihnen liegt ein Landrover halb umgestürzt im Wasser. Die Suche nach dem ursprünglichen Weg durch den See verläuft ergebnislos. Die Deutschen wenden sich erst nach rechts, dann nach links. Soweit sie auch fahren, der See will kein Ende finden. Die einzige alternative Strecke über Niamey in Overvolta, dem heutigen Burkina Faso, bedeutet über 1000 Kilometer Umweg, die Gruppe käme auf jeden Fall zu spät in Sierra Leone an. „Wir müssen da auf jeden Fall durch", meint Rainer, doch Uli und Klaus erklären ihn für verrückt. „Schau dir doch den Landrover an, das wird uns genauso gehen." Uli hat keine Lust auf weitere Abenteuer. Der Streit eskaliert, die Nerven liegen blank. „Was machst du, wenn wir genauso wie der Landrover da vorne im Morast stecken bleiben?", will Klaus wissen. „Das ist doch eine Schnapsidee." Als Hasardeur ist Rainer ja mittlerweile bekannt, das hatte ihm auch schon sein Partner Rodrigo in Hamburg vorgeworfen, als er die Autos durch die Wüste fahren wollte. Rainer provoziert: „Wenn wir im Wasser stecken bleiben, dann warten wir!" „Worauf willst du warten, bis du eine Eingebung hast oder dein Auto durch irgendein Wunder aus dem Wasser getragen wird?" Uli ist jetzt ernsthaft sauer. „Nein, ich warte, bis das Wasser wieder runter geht, einen Tag, eine Woche, einen Monat, irgendwann wird das schon so weit sein." „Nicht mit mir. du mit deiner afrikanischen Mentalität. Wir haben keine Zeit zu warten, wir müssen nach Freetown!" Auch Klaus wehrt sich gegen Rainers Vorschlag. „Ich muss am 13. Oktober mein Flugzeug in Freetown erwischen", bangt Christian um seine Rückreise und unterstützt Rainers Vorschlag. „Wenn du da mit dem Auto drin stecken bleibst, kommst du auch nicht mehr rechtzeitig nach Sierra Leone", gibt ihm Klaus daraufhin zu bedenken. Schließlich fragt Rainer: „Hat irgendjemand von Euch eine bessere Idee?" Alle schweigen. „Dann lasst uns nicht weiter streiten, wir übernachten hier und morgen früh probiert es ein Auto aus. Wenn das durchkommt, schaffen es die anderen auch", schlägt Rainer angesichts der vorangeschrittenen Uhrzeit vor. Grummelnd, aber mangels einer Alternative, stimmt der Rest des Teams seinem Vorschlag zu. Mittlerweile hinken die Männer schon drei Tage hinter ihrem Zeitplan her.

Am nächsten Morgen präparieren die Deutschen den ersten Lada, versehen den Auspuff und den Luftfilter mit Schläuchen, die oben an der Dachrinne eingehakt werden, und die Seefahrt beginnt. Klaus steuert das Fahrzeug vorsichtig in das Wasser. Zunächst reicht das Wasser dem Auto fast bis zu den Scheiben. Dann geht es noch tiefer runter. Klaus kann nur noch durch einen schmalen Streifen an der Windschutzscheibe gucken. Das Wasser dringt durch die Türritzen. Wenn er nicht innerhalb der nächsten Sekunden wieder nach oben steuern kann, versinkt das Auto ganz. Klaus flucht lauthals und bekommt Angst, in dem Wagen zu ertrinken. Doch der Motor zieht den Lada ohne zu mucken durch die Fluten. „Lass jetzt bloß nicht den Motor ausgehen!", schickt Klaus einen Stoßseufzer gen Himmel und das gleiche denken seine drei Freunde, die gebannt dem Experiment vom Ufer aus zuschauen. Dann plötzlich, 200 Meter hinter dem umgestürzten Landrover, steigt der Untergrund an. Der Wasserspiegel an der Windschutzscheibe senkt sich, und auch im Auto, wo Klaus mittlerweile schon im Wasser sitzt, fließt es langsam ab. Nach fünf Kilometern hat Klaus das andere Ufer erreicht. Er springt aus dem Wagen und reißt die Arme nach oben: „Ich habe es geschafft!" Er wird von begeisterten Anwohnern mit lautem Klatschen und schrillen Schreien freudig begrüßt. Sie alle haben atemlos die Fahrt des Deutschen verfolgt, jetzt nehmen sie ihn auf die Schultern und feiern ihn wie den Sieger eines Autorennens. Auch die beiden anderen Lada machen ihre Sache gut. Die Männer liegen sich schließlich nach der erfolgreichen Seeüberquerung in den Armen, aller Streit vom Abend vorher ist vergessen. Nach einer weiteren Stunde können die Männer ihre Fahrt nach Mopti fortsetzen, zwar durchnässt, aber glücklich. Für die überstandenen Strapazen und nervlichen Anspannungen werden sie durch ein großartiges Panorama entschädigt, das sich bald vor ihnen auftut: eine in allen Farben blühende Landschaft vor dem Hintergrund großartiger Tafelberge am Horizont. Noch einmal werden die Zelte aufgeschlagen, dann ist Mopti – die Wüstenstadt, die einst wichtigster Handelspunkt der Kamelkarawanen war – erreicht. Von hier aus sind es noch knapp 500 Kilometer Teerstraße nach Bamako, das die Männer nach einer kurzen Pause, die sie unterwegs einlegen, am 7. Oktober erreichen.

„Ich habe mir schon ernsthafte Sorgen gemacht und aus Hamburg und Freetown lagen Suchmeldungen vor, als ihr morgens um 7 Uhr bei mir auf den Hof rolltet", erinnert sich Klaus an das Eintreffen des Kleeblatts in Bamako. „Ja, und ich konnte endlich meinen Verband abnehmen und darunter war alles gut verheilt", ergänzt Rainer. „Dann bin ich unter die Dusche, als erster, weil ich ja auf dem Schiff den Skat gewonnen hatte! Die schönste Dusche meines Lebens war das, ganz ehrlich!" „Seid ihr denn dann noch rechtzeitig nach Freetown gekommen?", will Gaby wissen. „Wir haben gelost. Einer von uns drei Experten musste ins Flugzeug steigen, damit wir auf jeden Fall den Termin am 12. Oktober halten konnten. Uli hat verloren und musste fliegen. Wir anderen sind mehr oder weniger ohne große Unterbrechung mit zwei Lada nach Sierra Leone gefahren. Einer schlief auf dem Beifahrersitz, die beiden anderen fuhren. Es gab noch ein paar Probleme, aber die haben wir gelassen aufgenommen; mittlerweile konnte uns eigentlich nichts mehr schocken. Einmal sind wir von einem Schweizer, den wir nach dem Weg fragten, vollends in die Irre geleitet worden und wären dabei beinahe nach Guinea hinein gefahren. Und ab und an trafen wir auf völlig unpassierbare Wege. Dort hatten die Dorfbewohner die ohnehin schon katastrophale Piste dadurch unpassierbar gemacht, dass sie den Weg einfach umgegraben hatten. Uns wurde auch schnell klar, weshalb. Als wir das erste Mal feststeckten, kamen sofort einige Dorfbewohner, die uns aus dem Morast raus schoben. Das erste Mal haben wir ihnen gerne Geld gegeben. Bald aber wurde uns klar, dass sie diese „Fallen" genauso deshalb angelegt hatten. Sie kassierten sogenanntes Push-Money, mit dem sie ihr karges Einkommen aufzubessern wussten. Trotzdem haben unsere

Lada es manchmal auch ohne deren Hilfe geschafft, dann haben die Dorfbewohner natürlich lange Gesichter gezogen, aber wir waren stolz auf unsere Karren.

Am 12. Oktober waren wir schließlich um 11 Uhr morgens in Freetown, haben einmal den Cotton Tree, das Wahrzeichen der Stadt umrundet, um dann direkt an den Strand zu fahren, ins Meer. Wir haben uns in voller Montur aus den Autotüren ins Wasser fallen lassen!"

„Ja, das kann ich mir vorstellen! Typisch Männer!" lacht Gaby. „Ich glaube, du hättest da auch alle Hemmungen fallen lassen, nach einer solchen Tour!" „Du weißt, Frauen sind da eher schüchtern", lautet ihre kokette Antwort an Rainer. Klaus reagiert langsam etwas einsilbig auf den lockeren Ton zwischen Rainer und Gaby: „Also, ich glaube, das Thema sollten wir hier jetzt nicht weiter vertiefen, Gaby." Er hat es eilig. „Gaby, komm vorbei, wenn Dir danach ist", meint Rainer noch an der Haustür. Ganz sicher ist er sich aber nicht, wie ernst er diese Einladung meint. Die abgelegte Freundin eines Freundes zu trösten, war noch nie seine Sache gewesen. In der Regel führte das zu mehr Problemen, als es einem lieb war.

7

Rainer räumt noch etwas auf und richtet seine Sachen. Es ist schon nach Mitternacht, da klingelt das Telefon. „Das bedeutet nichts Gutes", denkt er, „wer ruft zu so später Stunde sonst noch an?" Es ist einer seiner Männer, die den verletzten Arbeiter aus dem Urwald ins Krankenhaus gefahren haben. „Ich glaube, du kommst besser mal, du wirst hier gebraucht." Rainer wirft seine Jacke über und nimmt den kürzesten Weg in die Klinik. Dort liegt der Arbeiter auf einer Trage, offensichtlich nicht bei Bewusstsein, doch niemand kümmert sich um den Mann. „Was ist passiert?" In wenigen Sätzen informiert ihn sein Mitarbeiter, dass es im Camp der Waldarbeiter einen Überfall gegeben hat. „Die wollten Sägen stehlen, und er ist mutig dazwischen gegangen. War aber wohl eher leichtsinnig. Sie haben ihn übel zugerichtet und die Sägen waren trotzdem weg." „Was hat er?" „Sieht nicht gut aus, schätze, er hat einen auf den Kopf bekommen. Eigentlich hätten wir ihn ja gar nicht transportieren dürfen, aber wir konnten ihn doch nicht liegen lassen." So hat der Mitarbeiter den Kopf des Schwerverletzten in seinen Schoss gelegt und einer der Arbeiter hat das Auto nach Monrovia gesteuert. „Nun sitzen wir hier, aber nichts geschieht", schließt der Mitarbeiter seinen Bericht. „Wo ist denn hier ein Arzt?", hält Rainer die nächste Krankenschwester an, die vorbei kommt. „Der schläft!" „Holen! Sofort!" Rainer wird laut. Wenige Minuten steht ihm ein hoch aufgeschossener Sierra Leoner im weißen Kittel gegenüber. „Der Mann ist schwer verletzt, Sie müssen sich um ihn kümmern." „Was ist passiert?" „Wir sind in unserem Camp überfallen worden und der Mann ist dazwischen gegangen." „Ich hoffe, Ihnen ist nichts Wichtiges abhanden gekommen, sonst sollten Sie die Polizei einschalten." „Das weiß ich auch, danke für den Rat. Wollen Sie sich jetzt bitte meinen Arbeiter ansehen." Rainer reißt sich mühsam zusammen. Als der Arzt immer noch keine Anstalten macht, sich um seinen Patienten zu kümmern, reicht es dem Deutschen. „Sie haben jetzt zwei Möglichkeiten. Entweder Sie kümmern sich sofort um den Mann oder morgen steht in der Zeitung, dass dieses Krankenhaus einen Schwerverletzten nicht behandeln wollte!" Die Drohung fruchtet, endlich wendet sich der Arzt dem Patienten zu. Rainer fährt heim und nimmt sich vor, am nächsten Tag beim Chefarzt der Klinik vorzusprechen.

Der Arbeiter hat, wie Rainer am nächsten Morgen erfährt, einen Schädelbasisbruch erlitten, wird aber durchkommen. Den Chefarzt erreicht er zwar nicht, aber er erhält die Zusage, dass der Arzt auf sein zögerliches Verhalten angesprochen wird. Ohne große Hoffnung, dass der Mann tatsächlich zur Rechenschaft gezogen wird, wendet sich Rainer seiner Arbeit zu. Die Polizei hat versprochen den Überfall im Urwaldcamp zu untersuchen, doch auch in dieser Hinsicht erwartet Rainer keine Überraschung. Die Räuber sind mit den Motorsägen wahrscheinlich über alle Berge. Er telefoniert mit Rodrigo in Hamburg und bespricht, wie sie ihre Männer im Wald zukünftig besser schützen können.

Als Rainer abends nach Hause kommt, ist die Küche kalt. Suri fehlt. Der Hausjunge erzählt, der Koch sei von der Polizei abgeholt worden. „Er soll seine Frau verprügelt haben." Rainer ist überrascht. Als gewalttätigen Mann hat er Suri bis heute nicht kennen gelernt. Der Mann wohnt mit seiner Familie, zu der auch viele Brüder, Schwestern, Onkel, Tanten und Kinder gehören, im Slum von Monrovia. Soweit Rainer weiß, ist Suri der einzige, der Geld verdient. Dessen Schwiegervater hatte die Arbeit als Taxifahrer sofort eingestellt, nachdem er erfahren hatte, dass Suri genug verdient, um die ganze Familie zu ernähren. „Wo finde ich Suri denn?", will Rainer wissen. „Im Gefängnis an der Polizeistation ein paar Straßen weiter", gibt der Hausjunge zur Antwort.

Als Rainer an der Polizeistation ankommt, bietet sich ihm ein groteskes Bild. Das Gebäude befindet sich an einer Straßenecke und steht auf massiven steinernen Stützen. Zwischen diesen das Haus tragenden Säulen sind Stahlgitter eingelassen, hinter denen sich dicht gedrängt Männer befinden, eingesperrt wie in einem Käfig. Mitten unter ihnen entdeckt Rainer seinen Koch Suri, der sich zu ihm ans Gitter vorkämpft, als er Rainer entdeckt. „Was ist passiert, Suri?" „Mister, du musst mich hier rausholen, meine Frau behauptet, ich habe sie geschlagen, aber das stimmt nicht." „Ich will mal sehen, was ich tun kann." Mit diesen Worten wendet sich Rainer einer Treppe zu, die außen am quadratisch gebauten, eingeschossigen Gebäude hochläuft. Oben angekommen, öffnet Rainer die Tür zur Polizeistation. „Ich habe Hunger", begrüßt er den diensthabenden Polizisten, der ihn etwas verdattert anschaut. „Ihr habt meinen Koch eingesperrt, jetzt habe ich nichts zu essen." In gewichtigem Ton erklärt ihm daraufhin der Polizeibeamte, dass Suri seine Frau geschlagen habe und deshalb festgenommen worden sei. Seine Frau und ihr Vater hätten ihn angezeigt und warteten im Nebenraum. Aus der Tür kommen eine korpulente, etwa 30jährige Frau in einer gelben Bluse und einem schwarzen langen Rock und ein älterer, grauhaariger Mann an einem Stock. „Da ist die Frau", erklärt der Beamte. „Suri hat mir brutal mitten ins Gesicht geschlagen", erklärt die Frau. Rainer kann zwar keine Spuren der Schläge im Gesicht der Einheimischen entdecken, weiß aber, dass dies täuschen kann. „Was machen wir?", fragt er also den Polizisten. Der holt zu einem umfangreichen Vortrag über die Gewalt der Männer gegen die Frauen aus, die in Liberia streng unter Strafe gestellt sei, und endet damit, dass der Koch 20 US-Dollar Strafe zahlen und unterschreiben müsse, dass er fortan seine Frau nicht mehr schlagen werde. Rainer zückt schon seine Geldbörse, da schiebt der Polizist noch nach: „Die Polizei hatte auch viel Aufwand. Wir bekommen 50 Dollar." Der Deutsche zahlt das Geld an Frau und Polizisten und – nachdem Suri unterschrieben hat – zieht er mit seinem Koch, der seine Frau keines Blickes würdigt, nach Hause.

Am nächsten Morgen muss der Deutsche zum Flughafen. Herr Buntschuh aus Deutschland wartet in Sierra Leone. Auf dem Weg hinaus aus der Stadt kommt Rainer an einem der zahlreichen informellen Märkte vorbei, die die Ausfallstraße säumen. An einem der Stände entdeckt er Ledertaschen. Wenn Rainer in gut zwei Wochen nach Deutschland fliegen wird, will er seiner Frau zum Geburtstag etwas mitbringen. Deshalb hält er an dem Stand und schaut sich die Taschen an. Sofort ist der Weiße von einer großen Schar junger und älterer Männer und Frauen umringt. Als er eine Tasche vom Haken nimmt, ist der Inhaber des Standes zur Stelle. „Was soll die kosten?", fragt Rainer. „100 Dollar!" „Schau, jetzt hast du einen richtig guten Scherz gemacht. Wahrscheinlich hast du gedacht, ich bin ein reicher Amerikaner oder Japaner. Das bin ich aber nicht. Deshalb mache ich jetzt auch einen Witz. Ich zahle immer zehn Prozent vom Preis, der gefordert wird. Ich werde dir also zehn US-Dollar für die Tasche geben, nicht mehr." Das Angebot des Deutschen wird vom Verkäufer mit einem Lachanfall quittiert. Dann zeigt er auf die Rainer umringende Schar von Menschen. „Schau, das sind alles meine Familienangehörigen, die müssen von dem leben, was uns dieser Stand einbringt. Zehn Dollar, nein, dafür kann ich dir die Tasche nicht geben. Aber 50 Dollar, dann gehört sie dir." Rainer hat in Liberia gelernt, dass Handeln nicht nur dazu gehört, sondern ein Gebot der Höflichkeit ist. Etwas zu verkaufen soll nicht nur Geld einbringen, sondern es muss auch Spaß machen. Dabei bleiben Anbieter und Käufer immer freundlich zueinander. So wie jetzt auch. Mit einem Lachen erklärt Rainer dem Liberianer deshalb, dass die Tasche mit 50 Dollar noch immer übertreuert sei, und steigt zurück in sein Auto. „Ich fahre jetzt nach Freetown, aber ich komme wieder und werde dich dann noch einmal fragen, was die Tasche kosten soll", erklärt er dem Mann zum Abschied.

In Sierra Leone zu landen ist ein ganz besonderes Erlebnis. Der Flughafen Lungi liegt außerhalb der Stadt auf einer Landzunge. Im Gegensatz zu vielen anderen Flughäfen Afrikas, wo der Reisende besser einen zweiten Reisepass im Gepäck hat, weil er nicht sicher sein kann, dass er das Dokument an der Passkontrolle wieder bekommt ohne dafür bezahlen zu müssen, kann Rainer in Freetown unbehelligt einreisen. Ihm hilft, dass er sich schon vor der ersten Fahrt nach Sierra Leone ein paar Brocken Krio angeeignet hat, die Sprache der Einheimischen. Krio ist eine englisch basierte Kreolsprache, die über zahlreiche afrikanische Elemente vor allem aus der in Nigeria gesprochenen Yorubasprache verfügt. „How di body?", fragt Rainer die Beamtin, als er ihr den Pass über den Tisch schiebt. „Body fine fine!", antwortet sie und schnippst dabei mit den Fingern. Mit dem „Wie geht es dir?" und ihrer Antwort „Mir geht es richtig gut!" ist das Eis zwischen ihnen gebrochen. Rainer kann ohne Verzögerung weiter zum Gepäckband gehen. Hier allerdings beginnt das übliche Chaos. Die Gepäckbänder des sowieso nicht großen Flughafens mit einer sehr überschaubaren Empfangshalle stehen wie immer still. Koffer und Taschen der Reisenden werden auf Handkarren hereingebracht und auf das Fließband gestellt. Mit im Raum sind zahlreiche Gepäckträger mit weiteren Handkarren, so dass es den Fluggästen schwer fällt, sich den Weg zum Fließband zu bahnen. Sie müssen genau schauen, dass ihr Gepäck auch bei ihnen landet und von einem Gepäckträger durch den Zoll bugsiert wird. Außerhalb des Flughafens setzt sich das Chaos dann fort. Es bestehen nur zwei Möglichkeiten in die Stadt zu fahren, einmal mit dem Auto um die Bucht herum, was bei den Straßenverhältnissen ungefähr drei bis vier Stunden dauert, oder mit der Fähre, die allerdings nur zwanzig Autos fasst und bei deren äußerem Zustand die Fahrgäste viel Gottvertrauen brauchen, um das Schiff zu betreten.

Rainer und sein Fahrer, der ihn am Flughafen abholt, kennen das Spiel. Rainer reist ohne Gepäck und ist als einer der ersten vor der

Tür. Wer das schafft, hat gute Chancen, sich einen der begehrten Fährplätze zu ergattern. Sicherheitshalber fädelt sich sein Fahrer dennoch in die VIP-Spur ein und die beiden fahren auf dem ersten Schiff Richtung Stadt. „Was ist mit dem Hubschrauber-Shuttle-Service?", will Rainer vom Fahrer wissen. „Eingestellt. Der eine fliegt nicht mehr, der andere ist ins Wasser gefallen. Ebenso wie ein Hoovercraft. Der hat es auch nicht lange gemacht. Seither fährt wieder alles Auto oder Fähre." Rainer lässt sich am Haus seiner Firma in Freetown absetzen.

Das Haus, das er mit Uli, Klaus und den anderen Experten nach seiner Ankunft aus der Sahara bezogen hat, liegt oberhalb von Freetown in Hill Station. Das Wohngebiet liebten vor allem die Engländer in der Kolonialzeit, denn von hier hatten seine Bewohner einen Blick über die gesamte Stadt und hinaus auf das Meer. Außerdem gab es weniger Malariamücken in Hill Station. Zur Tagung der Organisation für Afrikanische Einheit (OAU) vom 1. bis 4. Juli 1980 hatte die Regierung Sierra Leones hier 60 Häuser bauen lassen, einzig mit dem Ziel, dort den Präsidenten der versammelten afrikanischen Staaten eine standesgemäße Unterkunft für eine Woche zu bieten.

In einem dieser großzügig geschnittenen Häuser wohnen die Deutschen. Es ist mit einem herrlichen Garten umgeben und die große Terrasse ist der beliebteste Aufenthaltsort der Männer, wenn sie nach Feierabend zurück nach Hill Station kommen. Sie haben dort einen großen Tisch aufgebaut. An ihm sitzt ein etwas verloren wirkender, dünner, blasser Mann von ungefähr 45 Jahren. Als Rainer eintritt, springt er auf: „Buntschuh. Von der GTZ." Große Augen hinter stark umränderten Brillengläsern fixieren ihn. „Wir kennen uns ja schon von den Telefonaten in Deutschland. Ein paar Mal habe ich Sie ja während der Startphase des Projektes auch von hier aus anrufen müssen. Aber jetzt läuft alles großartig und, wie Sie wissen, stehen wir ja mittlerweile kurz vor dem Abschluss", eröffnet

Rainer das Gespräch, nachdem er von seinem Gast hat wissen wollen, ob er sich schon in seinem Zimmer eingerichtet hat. „Ja, wunderbar. Alles in bester Ordnung. Ich werde mich hier schon wohl fühlen." Rainer klärt seinen Auftraggeber detailliert über den aktuellen Stand des Projektes auf. Nicht mehr lange, dann soll die Holzfabrik in Kenema eingeweiht werden und die erste Phase des Projektes wird beendet sein. „Der Präsident hat sein Kommen zugesagt", berichtet Rainer, eine Ankündigung, die vom Auftraggeber mit einem wohlwollenden Kopfnicken zur Kenntnis genommen wird. „Dann wohne ich nicht nur in dem Haus eines Präsidenten, sondern ich treffe auch noch persönlich auf einen", freut sich der GTZ-Mann. Rainer lädt Herrn Buntschuh zum Essen in die Stadt ein.

Freetown besteht in diesen Tagen im Wesentlichen aus niedrigen Gebäuden mit rotbraun verrosteten Dächern und kleinen Veranden vor der Tür. Nur die großen Straßen sind geteert, der Rest ist je nach Jahreszeit morastig oder trocken. Frauen tragen Körbe und Schüsseln auf dem Kopf durch die Straßen nach Hause und vor den Kneipen stehen Korbstühle, in denen Männer mit einer Flasche Bier auf den Abend warten. Rainer führt seinen Gast in eines der wenigen besseren Restaurants der Stadt und meint: „Übrigens, ich heiße Rainer. Hier in Sierra Leone ist es üblich, sich mit Vornamen anzureden. Also, wenn Sie nichts dagegen haben?" „Siegfried", stellt sich sein Gegenüber vor. Ein Vorname, der so gar nicht zu dem Mann zu passen scheint. Was haben sich die Eltern wohl erhofft, als sie ihrem Kind diesen Namen gaben? Vermutlich sollte aus ihm einmal ein stattlicher Mann werden, aber sicherlich nicht so ein schmächtiges Kerlchen, wie es nun vor ihm steht. Aber es gibt ja auch andere Qualitäten, nicht nur die äußerlichen, ruft sich Rainer zur Ordnung und wendet sich wieder dem beruflichen Gespräch zu. „Meine Teammitglieder sind gestern nach Kenema raus gefahren. Sie dürften aber heute Abend wieder da sein. Mal sehen, wie sie durchkommen. Ich habe die Strecke vor einigen Monaten in fünf Stunden geschafft." Es waren die letzten 320 Kilometer der Tour von Hamburg nach Freetown, die er mit seinen Kollegen seinerzeit im Lada Niva zurückgelegt hatte. „Ja, ich habe von Ihrem abenteuerlichen Unterfangen gehört. Also für mich wäre das, glaube ich, nichts gewesen. Erzählen Sie doch mal!" Rainer, der eigentlich gern erzählt, will aber nicht schon wieder von der Tour in allen Einzelheiten berichten. Er fasst sich deshalb kurz und beschränkt sich auf einige wesentliche Aspekte der Fahrt. Dennoch ist Siegfried sichtlich beeindruckt über den Einsatz der Männer.

Nachdem Rainer seinen Bericht beendet hat, will Buntschuh wissen: „Rainer, sagen Sie, wieso fliegen wir nicht einfach hoch nach Kenema? Muss es denn diese Tortour einer mehrstündigen Autofahrt sein? Sie haben doch einen eigenen Etatansatz zum Chartern einer Cessna vor zwei Monaten von mir bewilligt bekommen." Daraufhin erzählt Rainer von seinem jüngsten Charterflug nach Greenville in den Osten Liberias im Rahmen eines anderen Projektes. „Ich hätte zwei komplette Tage gebraucht, um nach Greenville zu kommen. Mit der Cessna sollte es drei Stunden dauern. Wir haben in Monrovia morgens früh genügend Treibstoff für den Hin- und Rückflug aufgenommen und dann ging es los. Der Hinflug war unproblematisch. Nur die Landung auf der unbefestigten Straße in der Nähe des Holzwerkes gestaltete sich etwas ungewöhnlich. Der Pilot zog im Tiefflug eine Kurve über der Hauptstraße und zeigte damit den unter uns fahrenden Autos an, dass er dort landen wollte. Die Leute kannten das offensichtlich schon, denn sie hielten alle brav und so setzte die Cessna recht weich auf der Piste auf. Ich kam mir vor wie im Wild-West-Film, in dem die Trapper ihre Pferde plötzlich im Nirgendwo anpflockten, und habe deshalb dem Piloten vorgeschlagen, dass er das Flugzeug an den nächsten Baum bindet und auf mich wartet", lacht Rainer, doch der Pilot habe ihn nur irritiert angeschaut. Dann hatte sich

Rainer für zweieinhalb Stunden mit seinen Mitarbeitern zu einer Besprechung zurückgezogen. „Als ich zur Straße zurückkam, waren Flugzeug und Pilot fort. Sie können sich mein Erstaunen vorstellen. Es war niemand da, den ich fragen konnte, und so übte ich mich in der afrikanischen Weisheit „Hakuna matata" – das ist Swahili und heißt „Es gibt keine Probleme" – oder wie wir Norddeutschen sagen: „Abwarten und Tee trinken". Nach 40 Minuten tauchte die Maschine schließlich am Horizont auf und landete mit dem nun schon bekannten Manöver auf der Straße vor mir. Der Pilot behauptete, er habe eine Frau als Notfall ins Hospital bringen müssen. Später aber erfuhr ich, dass er ein paar Leute als Nebenverdienst zu einem kleinen Flug über Greenville mitgenommen hatte." „Na ja, das haben Sie dem Mann ja wohl nicht durchgehen lassen, oder?", empört sich Buntschuh. „Ich hatte ehrlich gesagt in dem Moment andere Sorgen. Denn erstens bestand die Gefahr, dass wir auf dem Rückflug in die Dunkelheit kommen und die Cessna hatte keine Armaturen für den Nachtflug an Bord. Außerdem aber fragte ich mich, ob der Sprit für den Rückflug ausreichen würde. Der Pilot hat aber selbstsicher erklärt, ich müsse mir da keine Sorgen machen. Wir hätten genügend Treibstoff im Tank und es herrsche Ostwind, so dass wir noch vor Sonnenuntergang zurück in Monrovia wären. Beim Landeanflug hat dann der Motor ausgesetzt, denn der Sprit war alle, und wir sind im Gleitflug zwischen den mittlerweile alarmierten Feuerwehrfahrzeugen in Monrovia gelandet. Da habe ich ganz schön Blut und Wasser geschwitzt und mir geschworen, mich in Westafrika nur noch im Notfall in eine Cessna zu setzen."

Als Uli und Klaus wenig später in Freetown eintreffen, und berichten, dass das Projekt gut voran geht, beruhigen sie Siegfried Buntschuh: Die Fahrt sei – gemessen an den sonst oft anzutreffenden Bedingungen – dieses Mal angenehm gewesen. Während die Männer erzählen, bricht die Dunkelheit über Freetown herein, begleitet von einem großen, durchdringenden Brummen, das im Haus ertönt. Fragend blickt Siegfried Buntschuh die Männer an. Sie erklären ihm, dass die Regierung zunehmend weniger Devisen einnähme, um Diesel zu importieren, der für das große Dieselkraftwerk der Hauptstadt zur Stromerzeugung benötigt würde. „Nach und nach haben sie einzelne Stadtteile von der Stromversorgung abgeschnitten. Zunächst natürlich nicht die Stadtteile, in der wichtige Sierra Leoner wohnten. Doch mittlerweile hat die Regierung nicht einmal genügend Treibstoff, um ihre eigenen Leute mit Elektrizität zu versorgen. So auch in Hill Station. Da hilft nur noch die private Stromversorgung über ein eigenes Aggregat. Das brummt hier so laut." Als Siegfried Buntschuh wissen will, woher Rainer und seine Leute denn den Kraftstoff zum Betreiben ihres Aggregats bekämen, meint Rainer nur: „Es gibt hier wie überall und für fast alles einen Schwarzmarkt. Da gibt es genug Diesel für diejenigen, die ihn bezahlen können."

Zum Essen gibt es Lobster satt. Buntschuh schwelgt. „So viel Aufwand wäre für mich aber nicht nötig gewesen", erklärt er. Die Männer bedanken sich für das Lob. Sie verschweigen ihrem Gast allerdings, dass Lobster, direkt vom Fischer gekauft, in Sierra Leone viel preiswerter ist, als wenn sie ihm Hühnerfleisch aufgetischt hätten. Dann schlägt das Team Rainer und Siegfried Buntschuh vor, noch in eine Bar zu gehen. Siegfried lehnt sofort kategorisch ab. Rainer hat nichts anderes erwartet. Eigentlich hatte er vor allem Harald noch vor Siegfried Buntschuh warnen wollen. Bei Harald handelt es sich um den Experten, den Buntschuh aus moralischen Gründen nicht hatte im Team haben wollen. Nun ist es zu spät. „Das ist ganz harmlos", erzählt zunächst Klaus ganz frisch von der Leber weg. „Wir können da ein Bier oder auch zwei trinken und mit den Frauen tanzen. Mehr passiert da nicht." Rainer stöhnt innerlich auf, die Frauen hätte Klaus nicht erwähnen sollen. Dieses Gespräch wird kein gutes Ende nehmen, da ist er sich sicher. „Ich glaube nicht, dass es richtig ist, wenn Männer, die in unserem Auftrag arbeiten, hier in eine Bar mit zweifelhaftem Ruf gehen!" Siegfried Buntschuh ist empört. „Das ist doch kein Bordell, das ist nur eine Bar. Was soll daran denn falsch sein, ein Bier zu trinken? Schauen Sie es sich doch erst einmal an, es ist harmlos", lässt Harald nicht locker. Aber Buntschuh bleibt entschieden: „In solche Bars setze ich keinen Fuß und Sie sollten sich das auch überlegen." Rainer mischt sich ein: „Jeder nach seiner Vorstellung. Harald, Klaus und Uli, ihr könnt ja noch die Bar aufsuchen. Siegfried, ich schlage vor, wir gehen jetzt schlafen; schließlich hatten wir einen anstrengenden Tag."

Nachdem die Mitarbeiter aus dem Raum sind, muss Rainer sich noch einen Rüffel von Buntschuh abholen: „Ich war ja schon bei Projektstart dagegen, Harald ins Team zu holen. Nun bestätigt sich, dass er es mit der Moral nicht so genau nimmt. Ich hoffe, dass es zu keinen Konflikten kommt!" Rainer schluckt eine Antwort herunter. Schließlich ist der GTZ-Mann sein Auftraggeber. Aber er ärgert sich über Buntschuh und darüber, dass er es versäumt hat, sein Team vorzuwarnen.

Der nächste Tag vergeht mit intensiven Besprechungen zwischen seinem Auftraggeber und Rainer. Sie werden nur dadurch unterbrochen, dass urplötzlich ein ganzer Zug der städtischen Feuerwehr mit Horn und Blaulicht vor dem Haus von Rainers Team in Hill Station auftaucht. Siegfried Buntschuh springt auf. „Was ist los, wo brennt es?", will er wissen. Rainer kann ihn beruhigen. Es brennt nirgends, die bringen uns nur Wasser. Durch die fehlende öffentliche Energieversorgung kann kein Wasser nach Hill Station gepumpt werden, also bringt uns die Feuerwehr das Wasser." „Aber wieso mit Blaulicht, wieso kommt nicht ein einzelner Wasserwagen der Feuerwehr?", will der GTZ-Mann daraufhin wissen. Rainer erklärt, dass der Feuerwehr-Chef ein Freund von ihm ist, der das Wasser alle zwei Tage quasi privat zu ihm brächte. „Wenn da nur ein einzelnes Fahrzeug käme, fiele das auf. So sind die zwölf Männer mit drei Fahrzeugen offiziell im Einsatz und keiner fragt." Siegfried Buntschuh zeigt sich wenig begeistert von dem Deal zwischen Rainer und dem Feuerwehrkommandanten. Als er aber erfährt, dass nicht nur die Deutschen, sondern alle, die es sich leisten können, es in diesen Tagen ähnlich mit der Wasserversorgung halten und sie sonst ohne Trinkwasser dastünden, lässt er die Sache auf sich beruhen.

Zum Abendessen sind die Männer wieder alle im Haus in Station Hill versammelt. Während Rainer dieses Mal seine Kollegen in die Bar begleitet, legt Siegfried sich schlafen. Allerdings meint er beim Verlassen des Raumes zu Rainer: „Ist das wirklich nur ein ganz normaler Ausschank? Mal sehen, vielleicht komme ich dann morgen Abend mal mit."

8

An diesem Abend hat Rainer eine Idee, wegen derer ihn später manchmal Gewissensbisse plagen sollen. Siegfried Buntschuhs Einstellung, der Besuch einer Bar gezieme sich nicht für Männer, die im Auftrag der GTZ arbeiteten, hat ihn geärgert. Schließlich handelt es sich bei der Bar nicht um ein Bordell. Der Deutsche kann gerne für sich selbst Vorschriften aufstellen, aber nicht für ihn und seine Mitarbeiter. Als Siegfried Buntschuh ankündigt, am kommenden Abend mit in die Bar kommen zu wollen, fasst Rainer den Beschluss, den Mann auf den Prüfstand zu stellen. Mit dem Inhaber der Bar verabredet er, dass der ihm am kommenden Abend am Tresen zwei Stühle freihalten soll. Außerdem spricht er eine der jungen, gut aussehenden Frauen an, die in der Bar arbeiten. Sie solle sich morgen Abend um seinen Gast kümmern. Der säße an der Bar auf dem letzten Hocker. „Sei nett zu ihm. Er soll sehen, dass hier alles ganz normal zugeht", erklärt er der Frau. Rainer ist gespannt, wie Siegfried mit der Situation umgehen wird.

Am nächsten Abend ziehen Rainer und seine Kollegen mit Siegfried im Schlepptau in die Bar. Diese besteht – wie es zu dieser Zeit in afrikanischen Städten oft üblich ist – aus einem großen leeren Raum, an dessen Seite links von der Tür ein langer Tresen aufgebaut ist, an dem normalerweise Männer sitzen und stehen. Die freie Fläche, die in farbiges Licht getaucht ist, ist zum Tanzen gedacht. Rainer steuert direkt auf die beiden frei gehaltenen Schemel an der Bar zu und nötigt Siegfried, auf dem äußeren der beiden Hocker Platz zu nehmen. Alle stehen um Siegfried herum und schon bald gesellt sich, wie zufällig, die bestellte junge Frau zu ihnen und lässt sich auf den letzten freien Platz neben Siegfried gleiten. Die anfängliche Scheu, die Siegfried an den Tag legt, ist schnell verflogen und der GTZ-Mann taut von Bier zu Bier mehr auf. Der Plan von Rainer ist aufgegangen, sein Auftraggeber fühlt sich sichtlich wohl. Schließlich geht er sogar mit der jungen Einheimischen auf die Tanzfläche und sucht immer deutlicher ihre Nähe. Das hat Rainer nicht geplant, aber Siegfried ist ja auch erwachsen, denkt er, und kümmert sich nicht weiter um seinen Auftraggeber. Der fragt irgendwann ausgerechnet Harald, dem er immer unmoralisches Verhalten vorgehalten hat, ob er ihn in Begleitung der netten Frau nach Hause fahren kann. Rainer ist nicht wohl in seiner Haut und wartet mit Bangen auf den nächsten Morgen. Siegfried erscheint einsilbig zum Frühstück; ganz offensichtlich ist ihm der Verlauf des Abends peinlich. Allerdings verliert er kein Wort. Als er abends wieder mit ihnen in die Bar fahren will, weiß Rainer, dass er und seine Männer von Siegfried Buntschuh nie wieder eine Moralpredigt zu hören bekommen werden.

Sierra Leone steht in diesen Jahren unter der Kontrolle des All People's Congress (APC). Ihr Führer, Siaka Stevens, ging 1967 zwar aus weitgehend demokratischen Wahlen als Sieger hervor, aber erst nach einem Putsch der Offiziere aus der zweiten Reihe gegen einen vorangegangenen Putsch führender Militärs, die Stevens Wahlsieg verhindern wollten, wird Stevens im Jahr 1968 Regierungschef und lässt sich 1969 in erneuten Wahlen bestätigen. Auch seine Regierungszeit ist wie die seines Vorgängers von Korruption und gewalttätigem Vorgehen gegen politische Gegner bestimmt. Mittlerweile regiert Stevens' APC als Einheitspartei und die in den Minen erwirtschafteten Gewinne fließen vor allem in die Taschen weniger. Die einzigen, die in dieser Zeit zu protestierten wagen, sind Studenten, deren Universitätscampus aber hoch oben außerhalb der Stadt auf dem Lester Peak liegt, wodurch ihre Proteste weitgehend wirkungslos bleiben. Sierra Leone, einst Reisexporteur, muss längst selbst Reis importieren.

Am nächsten Morgen machen sich der Deutsche und sein Auftraggeber schon vor Sonnenaufgang auf den Weg nach Kenema. Heute soll dort das neue Holzwerk eingeweiht werden, an dem

Rainer und seine Experten nun monatelang gearbeitet haben. Die Fahrt verläuft unproblematisch. Das Auto wird von den zahlreichen Polizeikontrollen durchgewinkt. Während der Fahrt unterhalten sich die Männer über die Rolle der Frauen in den westafrikanischen Ländern. Beide wissen, dass die Zahl der Vergewaltigungen hoch ist und Frauen auf den Dörfern keine Rechte besitzen. In der gehobenen Mittelschicht des Landes sieht es dagegen schon besser aus. Die Frauen führen in der Regel den Haushalt und die Männer mischen sich dort auch nicht ein. Dennoch ist der Mann derjenige, der den Ton angibt. Rainer erzählt von einem Freund, mit dem und dessen afrikanischer Freundin er in Deutschland war. „Ich war auf einer Party eingeladen und habe ihn und seine Freundin mitgenommen. Mein Freund wurde sofort von den Frauen umschwärmt, denn er war der charmanteste Mann des ganzen Abends. Er umsorgte nicht nur seine Freundin, sondern auch alle anderen Frauen und war ganz der englische Gentleman, der in Oxford studiert hatte. Am nächsten Tag sind wir nach Freetown zurück geflogen und – wie es der Zufall so wollte – war mein Freund noch abends auf ein Fest eingeladen. Da musste ich mit. Es war ein Unterschied wie Tag und Nacht. Männer und Frauen saßen getrennt. Die Männer diskutierten die Politik und die Frauen über die Kinder. Als sich seine Freundin etwas zu essen vom Büffet holte, rief er sie zu sich und raunzte sie an: „ I′m an African man and we are back in Africa. So you must bring me some food!"

„Ja, hier gehen die Uhren wirklich anders als bei uns", kommentiert Buntschuh. „Manchmal schießen wir Deutsche aber auch kräftig übers Ziel hinaus", bemerkt Rainer und meint damit auch das anfängliche prüde Verhalten seines Auftraggebers und dessen spätere 180-Grad-Wende. Dann erzählt er dem Mann von der GTZ noch vom Straßenbauprojekt zwischen Freetown und Makeni im Norden. Die Deutschen hatten die Straße in Sierra Leone nach deutschen Maßgaben gebaut. Aus Sicherheitsgründen planten sie in Makeni eine Fußgängerbrücke über die Straße, um die beiden Ortsteile, die von dem Weg zerschnitten wurden, miteinander zu verbinden. „Eine völlige Fehlplanung! Es handelt sich um die einzige Fußgängerbrücke des ganzen Landes, denn bei den tropischen Temperaturen nutzt keiner die Brücke, um auf die andere Straßenseite zu gelangen, zumal dort kaum Autos fahren." Die Bevölkerung habe allerdings schnell eine Idee gehabt, wie sie das Bauwerk nutzen könnte, und unter der Brücke losen Reis zum Trocknen gelagert. „Heute steht beiderseits ein Schild an der Straße, das vor in die Straße hineinwachsenden Reisbergen warnt", berichtet Rainer lachend.

Das sich daran anschließende Gespräch über Wohl und Wehe der Entwicklungshilfe vertreibt den Männern die Fahrt bis nach Kenema. Siegfried Buntschuh ist angetan vom Stand des Projektes, das sie zwei Stunden vor Beginn der Veranstaltung erreichen. Präsident Siaka Stevens hat zugesagt an den Feierlichkeiten teilzunehmen. Die Vorbereitung der Veranstaltung hatte in den Händen eines Mitarbeiters gelegen, der seit Tagen vor Ort mit nichts anderem mehr beschäftigt gewesen war. Rainer war Protokollchef und hatte sich selbst als vorletzten Redner vor dem Präsidenten auf die Liste gesetzt. Die große Werkshalle ist bestuhlt und in drei extra herbei geschafften Zelten ist alles für ein großes Essen vorbereitet. Hier im Busch eine logistische Meisterleistung, wie Rainer seinem Mitarbeiter neidlos zugesteht.

Dann rauscht der Präsident heran. Die aus zehn Fahrzeugen bestehende Kolonne war vermutlich die 320 Kilometer von Freetown bis Kenema mit Blaulicht und Sirene unterwegs gewesen, denn Stevens liebte es, mit viel Tamtam durchs Land zu fahren. Für den wichtigen Mann war extra ein erhöhter und bequemer Stuhl besorgt worden, der nun wie ein Thron oben auf der Bühne steht. Hinter dem Präsidenten nehmen seine Adjutanten in bunten Uniformen Aufstellung, dann beginnt der Rednerreigen. Wie zu solchen Angelegenheiten üblich, will jeder, der wichtig ist oder meint wichtig zu sein, eine Ansprache halten. So zieht sich der Rednermarathon hin und in der tropischen Hitze fallen dem einen oder anderen schon einmal die Augen zu. Dann ist Rainer an der Reihe. Er hat sich vorgenommen die Versammelten aufzuschrecken und beginnt, seine auswendig gelernte Rede auf Krio, der Sprache der Einheimischen, zu halten. Das ist nicht nur ungewöhnlich, weil Englisch offizielle Amtssprache ist, sondern das ist noch nicht da gewesen. Ein Weißer, der auf Krio seine Rede hält, da sind alle Versammelten sofort wieder wach. Dann erhebt sich Präsident Siaka Stevens von seinem Thron. Er habe das erste Mal erlebt, dass eine offizielle Rede auf Krio gehalten werde, beginnt das Staatsoberhaupt, etwas, was ihm seine Protokollchefs immer untersagen würden. Heute sei der Tag, an dem er endlich auch einmal auf Krio sprechen dürfe, wenn das schon ein weißer Ausländer vor ihm gemacht habe. Mit diesen Worten zerreißt er sein Manuskript und legt in der Sprache der Einheimischen los.

Die Rede auf Krio sichert Rainer später eine Privataudienz im Schlafzimmer des Präsidenten, der ihn in kurzer Hose auf dem Bett liegend empfängt. Rainer überreicht ihm ein besonderes Geschenk, das aus dem Weltraum vom Satelliten der CIA gefertigte Foto seines Präsidentenpalastes und nun schön gerahmt in zwei Meter mal drei Meter Größe. „How di body, your Exellency" begrüßt ihn Rainer und der Präsident lacht „Body fine, fine, fine!" Rainer kann dem Präsidenten ein Anschluss-Projekt seiner Firma in Liberia vorschlagen, das Stevens zusagt zu unterstützen. Zufrieden fahren die Deutschen abends zurück nach Freetown.

Während Siegfried Buntschuh am nächsten Morgen den Heimflug antritt, reist Rainer zurück nach Monrovia, wo das aktuelle Projekt seiner Firma noch im Aufbau ist. In Monrovia beginnt das Chaos schon bei der Passkontrolle. Hier hilft kein freundliches Wort, er sieht seinen Pass erst wieder, nachdem der

Beamte das Bild von Rainer mit dem Präsidenten im Pass gefunden hat. Dann fährt er Richtung Stadt und hält zum zweiten Mal am Stand mit der Ledertasche. Wieder herrscht sofort ein großer Menschenauflauf, als er an den Stand tritt. Der Eigentümer erinnert sich an ihn. „Was soll die Tasche denn heute kosten?" fragt Rainer. Er habe noch einmal überlegt, meint der Mann, aber sein Preis sei in Ordnung. Weil Rainer aber sein Freund sei, wolle er ihm die Ledertasche für 40 Dollar geben. Rainer schüttelt den Kopf. „Also, ich will ja auch nicht, dass du hungerst, wie könnte ich wollen, dass ein Freund nicht seine Familie ernähren kann", geht er auf das Spiel ein. Aber mehr als 20 Dollar seien beim besten Willen nicht drin. Wieder gibt es ein großes Palaver, doch die Beiden werden sich nicht handelseinig. Rainer weiß, dass er noch eine Woche Zeit hat, bis er die Tasche kaufen wird, deshalb steigt er ein zweites Mal in sein Auto, ohne das Geschenk erworben zu haben.

Zu Hause angekommen, erwartet ihn eine Überraschung. Koch Suri ist nicht da. Der Hausjunge berichtet, Suri sei wieder im Gefängnis in der Polizeistation, denn er solle erneut seine Frau geschlagen haben. Rainer fährt zum selben Polizeiposten. Dieses Mal erwarten ihn die Frau von Suri mit einem Onkel und dem Polizisten schon vor dem Haus. Der Polizist erklärt, dass es sich um einen Rückfall handele und Suri ein letztes Mal frei kommen könne, wenn Rainer seiner Frau 40 und ihm 60 Dollar zahle. Da der Deutsche nicht weiß, woher er so kurzfristig einen neuen Koch organisieren soll, zahlt er die verlangte Summe. Aber er nimmt sich vor mit Suri noch an diesem Abend zu sprechen. „Hör zu", erklärt Rainer nach dem Essen seinem Angestellten. „Ich weiß nicht, ob du deine Frau schlägst oder nicht. Aber ich bin nicht länger bereit eure Ehekonflikte zu bezahlen. Also, entweder du trennst dich von ihr oder du bist deinen Job bei mir los. Du kannst dich entscheiden." Suri zögert nicht lange: „Mister, ich ziehe bei ihr aus. Ich schlage sie nicht und ich will nicht länger von der Polizei abgeholt werden. Du musst mir 100 Dollar Vorschuss und einen Tag freigeben, damit ich mir ein Haus bauen und umziehen kann." Rainer ist lange genug im Land um zu wissen, dass es dem Sierra Leoner ohne weiteres möglich ist, von diesem Geld in einem Tag ein Haus zu bauen und dorthin umzuziehen. Das geschieht nicht selten. Für 100 Dollar kann Suri Pfähle und Wellblech sowie eine Tür kaufen. Mehr braucht er nicht zu seinem Glück. Das Grundstück, wo er das Haus aufbauen und möglicherweise auch schnell wieder abbauen kann, um es woanders neu zu errichten, wird er schnell in den Slums finden. Rainer stimmt deshalb zu und erklärt seinen Kollegen, dass sie am nächsten Tag ausnahmsweise ins Restaurant gehen werden um zu essen.

9

Am nächsten Tag hat Suri wie abgesprochen frei. Doch als Rainer am Tag darauf früher als geplant nach Hause zurückkehrt, überbringt ihm der Hausjunge erneut eine schlechte Botschaft. Nachdem Suri an diesem Morgen mit zwei Stühlen, einem Tisch und Vorhängen auf dem Kopf balancierend angekommen sei, sei wenig später die Polizei erschienen. Dieses Mal hätten sie ihn in Handschellen abgeführt. „Wie einen Schwerverbrecher", meint der Junge. „Er soll seine Frau nicht nur wieder geschlagen, sondern auch ausgeraubt haben." Rainer ist dieses Spiel mittlerweile gründlich leid. Er ist davon überzeugt, dass Suris Frau nur versucht Geld aus ihm herauszupressen. Vermutlich hat der Koch in den höchsten Tönen davon geschwärmt, wie gut es ihm bei den Deutschen geht, und auch, dass er gut bezahlt wird. Das weckt Begehrlichkeiten.

Auf der Polizeistation ist alles beim alten. Frau, Vater und Onkel warten auf Rainer und der Polizist empfängt ihn mit den Worten: „Dieses Mal ist das nicht mit Geld zu regeln." Übersetzt heißt das für den Deutschen, dass es jetzt besonders teuer werden soll. Rainer ist entschlossen, dem Ganzen ein Ende zu setzen. „Was liegt dieses Mal gegen Suri vor?" „Er hat seiner Frau ein Brett über den Kopf geschlagen, aber – was noch viel schlimmer ist – er hat sie ausgeraubt. Darauf steht Gefängnis!" „Gut, dann muss das der Richter entscheiden", erklärt Rainer den verdutzt dreinschauenden Anwesenden. „Wann kann die Verhandlung sein?" Der Polizist will telefonieren und kommt wenig später mit der Auskunft zurück, dass das Verfahren gegen Suri am nächsten Morgen um 11 Uhr angesetzt ist.

Der Koch muss eine Nacht in dem vergitterten Verließ unter der Polizeistation verbringen; am nächsten Morgen holt Rainer ihn zur Gerichtsverhandlung ab. „Du sagst nichts", erklärt Rainer seinem Angestellten. „Lass mich das machen." Der Gerichtssaal befindet sich in einer Wellblechhütte im Armenviertel von Monrovia. Das Gebäude von etwa 16 Quadratmeter Grundfläche ist nur über zwei schmale Bretter zu erreichen, die über den morastigen Grund gelegt sind. Im schummrigen Licht des Raumes, der nur durch ein schmales Fenster erhellt wird, steht ein großer, aber gebrechlicher Schreibtisch. Hinter ihm sitzt ein dicker Mann in Anzug und Krawatte. Es handelt sich um einen gewählten Friedensrichter, vertraut mit den Grundzügen der Gerichtsordnung und ausgestattet mit juristischem Grundwissen. Bis auf diesen Mann, der einen großen Holzhammer vor sich auf der Schreibplatte liegen hat, müssen alle Beteiligten stehen. Rainer hat noch einen Mitarbeiter als Zeugen mitgenommen, Suris Frau ist mit einer Schar von Verwandten angerückt, auch der Polizist ist vor Ort. Draußen vor der Tür warten zehn Männer und Frauen.

Bevor der Richter die Verhandlung eröffnet, muss jede Partei 50 Dollar Kaution zahlen. Wer gewinne, bekomme seine Geld wieder, erklärt der Richter. Dann nimmt die Verhandlung ihren Lauf. Zunächst fragt der Richter nach den Personalien von Suris Frau und von Suri, dann will er von Rainer wissen: „White man. What are you doing here?" Rainer erklärt, dass er die Verteidigung des Angeklagten übernehmen werde, der außer der Angabe seiner Personalien zunächst nichts zu sagen habe.

In aufgeregtem Ton erzählt Suris Frau anschließend den angeblichen Tathergang. Rainer fällt dabei auf, dass sie keine Spur einer Verletzung am Kopf zeigt. Einmal mehr ist er davon überzeugt, dass die Familie nur versucht ihn um Geld zu erleichtern. Suris Frau berichtet, ihr Mann sei nach Hause gekommen, habe einen Tisch und zwei Stühle sowie die Vorhänge genommen und damit wortlos das Haus verlassen. Als sie hinter ihm her gelaufen sei, um ihn am Raub der Sachen zu hindern, habe Suri versucht sie mit einem Brett totzuschlagen. „Von totschlagen war gestern bei der Polizei noch nicht die Rede, Sir", mischt Rainer sich ein. Der Richter springt auf, der Hammer saust mit einem Knall auf den Tisch. „Ich bin nicht ʽSirʼ! Ich bin ʽYour Honorʼ!" Rainer müsse zehn Dollar Strafe wegen Missachtung des Gerichtes zahlen und würde des Saales verwiesen, wenn er ihn noch einmal falsch anrede. Ohne weiter auf Rainers Einwurf einzugehen, fordert er dann Suris Frau auf, mit ihrem Bericht fortzufahren.

Diese erzählt weiter, schmückt den Tathergang in allen möglichen Einzelheiten aus und vergisst dabei nicht mehrfach zu betonen, dass Tisch und Stühle einst Geschenke des Angeklagten an sie gewesen seien. Der Richter ruft, nachdem Suris Frau schweigt, die erste Zeugin auf. Die Frau wie zwei weitere Zeuginnen erklären wortwörtlich dasselbe: Sie seien dabei gewesen, als Suri seiner Frau Tisch und Stühle geschenkt habe. Somit sei es Eigentum der Ehefrau, das er ihr unter Gewaltanwendung gestohlen habe. Nachdem die dritte Zeugin diese Darstellung wiederholt hat, unterbricht der Richter: „I have to think!" Dann setzt er sich auf und verkündet kurz und bündig: „Die Verhandlung wird auf morgen Vormittag zur selben Stunde vertagt." Erst müsse er die Beweisstücke, nämlich den Tisch, die Stühle und die Vorhänge sehen, dann könne er ein Urteil fällen.

Nachdem Rainer seine Strafe von zehn Dollar bezahlt hat, muss Suri zurück ins Gefängnis. Am nächsten Morgen holen Polizisten in Suris Beisein Tisch, Stühle und Vorhänge bei Rainer ab. Wieder beginnt die Verhandlung mit demselben Ritual. Jede der Parteien muss 50 Dollar zahlen und Rainer fragt sich, woher die Familie Suris dieses Geld nimmt. Allerdings kann er auch nicht beobachten, dass die Partei des Klägers dem Richter das Geld aushändigt. Dann ziehen drei Polizisten mit den Beweismitteln in den Gerichtssaal ein. Jeder trägt einen Stuhl, einen Tisch oder die Vorhänge auf dem Kopf. Sie legen die Gegenstände vor dem Richter auf den Boden.

Der Richter nimmt die Gegenstände ausführlich in Augenschein, ohne eine weitergehende Frage dazu zu stellen, dann setzt er die Zeugenbefragung fort. Schließlich haben zehn Zeugen das Gleiche erzählt. Jeder von ihnen erklärt, dass Suri seiner Frau Stühle und Tisch geschenkt und er sie beraubt und geschlagen habe. Suris Frau zieht ihr Resümee. Nunmehr sei wohl eindeutig bewiesen, dass ihr Mann schuldig sei. Da hält es der Koch nicht länger aus. Gegen Rainers Rat und entgegen jeder Prozessordnung fährt er aus der Haut: „Was sind zehn Leute? Wir haben zwei Millionen Einwohner in Liberia und ich kann zwei Millionen minus zehn Liberianer bringen, die nicht gesehen haben, dass ich ihr die Sachen geschenkt habe!" Totenstille senkt sich über den Saal. Alle Blicke wandern vom Angeklagten, der da klein, rundlich und untersetzt mit zornesgerötetem Gesicht und vor Wut sprühenden Augen steht, zu dem ebenso korpulenten, aber durch Anzug und Krawatte seriöser wirkenden Richter, der den Angeklagten anstarrt. Wie bei einem Duell schauen sich die beiden Männer scheinbar minutenlang unverwandt an. „Wie wird der Richter reagieren?", fragt sich Rainer. Ruft er Suri zur Ordnung, schickt er ihn ins Gefängnis? Schließlich saust der Hammer einmal mehr mit großem Getöse auf die Holzplatte: „You are right! You have much more witnesses. The case is closed. You are free!", spricht der Richter den Angeklagten frei.

Suri darf sofort gehen und seine Stühle, den Tisch und die Vorhänge mitnehmen. Minuten später balanciert er stolz mit seinen Sachen auf dem Kopf über die beiden Bretter im Morast vor dem Gerichtsgebäude. Rainer ist perplex. Er hatte viel erwartet, aber dass der Richter dieser einfachen Logik folgen würde, überrascht ihn nun doch. Schon ist er draußen vor der Hütte und beglückwünscht seinen Koch, da erinnert sich der Deutsche an seine 100 Dollar, die der Richter ihm noch erstatten muss. Rainer dreht um und geht vor zum Richtertisch. „Your Honor, wo sind meine 100 Dollar, die ich als Kaution hinterlegt habe?", fragt er den Mann, der gerade aufbrechen will. Die habe er nicht mehr, erklärt ihm daraufhin der Richter ohne Umschweife, die könne er nicht zurückbekommen. „Jetzt ist Schluss mit ‚Youri Höner´. Ich will mein Geld zurück.

Das ist Diebstahl!", blafft Rainer den schwergewichtigen Mann an, doch der reagiert gelassen. Als Weißer solle er vorsichtig sein in Liberia, rät er dem Deutschen. Und wenn er wolle, könne er sich ja an höherer Stelle beschweren. Sagt es und zieht über die Bretter im Morast seiner Wege.

Rainer ist sprachlos. Er packt den Koch in seinen Lada Niva und fährt ihn mit seinen Sachen nach Hause. Dann schlägt er den direkten Weg zum Justizministerium ein. Als Deutscher hat Rainer es in diesen Tagen leicht, wenn er einen Staatssekretär oder gar Minister sprechen will. Er tritt so bestimmt auf, dass er sofort ins Vorzimmer des Justizministers vorgelassen wird. Dort erklärt er der Sekretärin, dass es diplomatische Verwicklungen gäbe, wenn er nicht sofort den Minister sprechen könne. Wenige Minuten später wird Rainer hereingerufen. Der Justizminister sitzt wie in einer schlechten Parodie hinter seinem Schreibtisch und liest Zeitung. Seine Füße hat er auf die Tischplatte gelegt, sie stecken in schwarz glänzenden Cowboystiefeln. Neben ihm ruht ein schwerer Trommelrevolver. Rainer kennt diese Inszenierungen aus amerikanischen Western und denkt: „Das kann ja lustig werden."

Doch er hat sich getäuscht. Kaum hat er dem Minister erklärt, dass sich Ungeheuerliches zugetragen und er von einem ehrenhaften Mitglied seines Ministeriums um 100 Dollar betrogen worden sei, springt der Minister auf. Er läutet wütend die Glocke und herrscht den Bürojungen an, er solle gefälligst die Zeitung zusammenlegen, die er auf den Boden hatte fallen lassen. Seine Sekretärin weist er an, sofort nach seinem Assistenten zu schicken. Als der ins Zimmer stürzt, befiehlt er, der Richter müsse festgenommen und unter Arrest gestellt werden. Das höchste Gericht des Landes müsse sich mit dem Fall befassen, denn er werde Korruption im Land nicht dulden.

Der Assistent verschwindet, um nach einer halben Stunde wieder im Zimmer zu stehen. Der Minister, der seine Zeitungslektüre wieder aufgenommen hat, während Rainer stillschweigend wartet, blickt den Mann fragend an. „Honorable Minister, wir haben kein Auto, mit dem wir zum Richter fahren und ihn festnehmen können", erklärt der Assistent. „Wenn es mehr nicht ist", meint Rainer da leichthin und bietet dem Assistenten an, mit den Polizisten in seinem Lada Niva an den Tatort zu fahren. Es ist, wie er weiß, hier wie in vielen anderen afrikanischen Ländern üblich, dass die Polizei behauptet, über kein Auto zu verfügen, wenn sie eine Ermittlung nicht führen will. Der Assistent legt deshalb auch sofort nach: „Nein, das geht nicht, das ist gegen die Verfassung!" Wenn ein Auto für einen Polizeieinsatz genommen werde, sei es automatisch ein amtliches Fahrzeug der Republik Liberia, auch wenn es dem Deutschen gehöre. Das dürfe dann nicht von einem Zivilisten gefahren werden. Und Rainer sei sicherlich nicht bereit, den Wagen einem Polizisten zu überlassen. Da hat der Assistent allerdings Recht, doch dann hat der Minister eine Idee. Er greift zur Glocke, ruft den Bürojungen herein und befiehlt: „Bring mir sofort eine Verfassung!" Minuten später erscheint der Junge mit dem Gewünschten. Als das Buch vor dem Minister auf dem Tisch liegt, fordert er Rainer auf, seine Hand darauf zu legen und ihm nachzusprechen: „Ich verpflichte mich, die Gesetze und die Verfassung der Republik Liberia zu achten, zu befolgen und ihnen zu dienen." Danach ist Rainer als Hilfssheriff vereidigt und rückt mit drei Polizisten im Lada Niva aus um den Richter festzusetzen.

Der Einsatz verläuft erfolglos. Der Richter ist verschwunden, vermutlich wurde er gewarnt, denkt Rainer, der nach eineinhalb Stunden vergeblicher Fahndung die Polizisten wieder an ihrer Dienststelle abliefert und damit seine kurze und ineffektive Karriere als Hilfssheriff beendet.

Als Rainer abends nach Hause kommt, wartet Gaby auf ihn. Sie will wissen, ob Rainer etwas von Klaus gehört hat. Rainer muss verneinen. „Er hat versprochen sich zu melden", erklärt die blonde

Frau kleinlaut. „Habe ich mich denn so getäuscht?" „Nein. Aber eigentlich hätte dir doch klar sein müssen, dass so eine Romanze nicht für länger taugt", meint Rainer. Die anfänglich so hochnäsig scheinende Frau wirkt verletzt und hilflos. „Gaby, vielleicht ist dieses Land und sind diese Männer hier nichts für dich, vielleicht gehörst du eher nach Europa", rät ihr Rainer. Da berichtet die Deutsche, dass sie sich schon um eine Versetzung beworben hat und bald zurück nach Deutschland gehen wird. Rainer lädt Gaby ein zum Essen und über Nacht zu bleiben und lässt ihr ein Zimmer herrichten. Die Frau nimmt dankbar an. An diesem besonderen Abend seiner frisch gewonnenen Freiheit tischt Suri ihnen schon bald ein besonderes Drei-Gänge-Menü auf, das auch Gaby ein Lob abverlangt. Nach dem Essen bedankt Suri sich bei Rainer für dessen Unterstützung, fügt aber unter allgemeinem Gelächter an: „Vielleicht solltest du in Zukunft doch besser Leuten die Verteidigung von Angeklagten überlassen, die etwas vom Gerichtswesen in Liberia verstehen".

Die Runde spricht noch lange über das Thema Korruption in Liberia. Sie zeigt sich überall. So wissen die Vertreter ausländischer Einrichtungen und Institutionen, dass sie am Wochenende möglichst nur zu zweit im Auto unterwegs sein sollten. Regelmäßig werden die Autos der Hilfsorganisationen am Samstag und Sonntag angehalten. Das Prinzip ist einfach: Die Polizisten sind zu zweit unterwegs und warten an Ampelkreuzungen. Sie stoppen die Fahrzeuge und behaupten, die Autos hätten gerade ein Rotlicht überfahren und ein Bußgeld sei fällig, das natürlich direkt an sie zu entrichten ist. Wer dann allein im Auto sitzt und sich nicht zu wehren weiß, hat verloren. Rainer hatte sich irgendwann in Monrovia den Spaß gemacht und war sonntags gezielt allein durch die Stadt gefahren. Prompt war er von zwei Polizisten angehalten worden. Er hatte wegen eines Verkehrsverstoßes zahlen sollen. Dieses Mal hatte er, wie in den darauf folgenden Begegnungen im Laufe des Tages, die Polizisten aufgefordert mit ihm aufs Polizeirevier zu fahren. Er weigerte sich ihnen das Geld direkt zu zahlen und wollte den Vorwurf erst auf dem Revier klären. Keiner der Polizisten hatte es gewagt, mit ihm bis zu seinem Vorgesetzten zu gehen, einer fuhr immerhin mit Rainer bis auf den Polizeihof, dann aber hatte er von seiner Forderung gelassen. So hatte Rainer an diesem Tag kein einziges Mal zahlen müssen und seither wurden die Fahrzeuge seines Unternehmens, die alle ein Firmenemblem auf den Türen hatten, verschont.

So kann Rainer am nächsten Morgen Gaby beruhigt anbieten sie in seinem Auto nach Hause zu fahren, obwohl Samstag ist und die Polizisten lauern. Dann besucht er einen befreundeten Politiker. Vor gut sechs Wochen hatte der ihm bei einem Abendessen eröffnet, dass er bei den nächsten Wahlen für einen Parlamentssitz kandidieren wolle. „Ich hoffe, dass du mich dabei unterstützen wirst." Mit anderen Worten: der Bekannte hatte Geld von Rainer haben wollen. Eine Summe, die er für den ambitionierten Politiker, auch wenn er gewollt hätte, keinesfalls hätte auftreiben können. 50 Prozent des Geldes war für die mächtigen Chiefs in den Dörfern bestimmt, die der Mann für sich gewinnen musste, um den Wahlausgang in seinem Sinne zu beeinflussen. Die anderen 50 Prozent gingen direkt an die potentiellen Wähler. Aber Rainer hatte eine Idee gehabt und damals seine Unterstützung zugesagt. Heute wollte er sein Versprechen einlösen. Hinten im Kofferraum des Lada Niva lagen 200 Lederfußbälle, alle mit dem Konterfei des Politikers und dem Aufruf versehen, ihm seine Stimme bei den anstehenden Wahlen zu geben. Die Bälle mussten nur noch aufgepumpt werden. Rainer hatte sie in Deutschland fertigen und sich liefern lassen. Wie in vielen afrikanischen Ländern, waren auch die Einheimischen in Sierra Leone vollends verrückt nach Fußball. In jedem Dorf wurde, noch bevor die Wohnhütten standen, ein Stück Land gerodet, um dort kicken zu können. Mit einem aufgeblasenen Ball in der Hand begrüßt Rainer nun seinen Freund: „Mit diesen Fußbällen wirst Du in aller Munde sein." Ein zunächst ärgerlicher Gesichtsausdruck macht einem breiten Grinsen Platz: „Das ist ein besseres Wahlgeschenk, als es noch so viele Dollar sein könnten", erklärt der Mann. „Dafür werden sie mich auf den Dörfern lieben und wählen." Rainers Idee soll sich als Treffer ins Schwarze erweisen. Der Politiker erhält bei den Wahlen 87,9 Prozent der Stimmen und der Präsident muss ihm wegen dieses hervorragenden Ergebnisses einen Ministerposten anbieten.

Rainers Rückflug nach Deutschland steht an. Das Projekt in Liberia ist auf einem guten Weg. Er wird in Deutschland gebraucht und verabschiedet sich für die nächsten drei Wochen von seinen zwölf Mitarbeitern, die in Monrovia bleiben.

Auf dem Weg zum Flughafen hält er wieder an dem Stand mit der Ledertasche. Heute, das weiß Rainer, muss er das Stück mitnehmen. Wie schon bei den vorangegangenen Verhandlungen, zieht sich der Kauf der Ledertasche hin. Der Standinhaber klagt Rainer sein Leid über steigende Reispreise und die Armut, in der seine Familie und er leben. Rainer setzt dagegen, dass er mehr als 20 Dollar nicht für die Tasche erübrigen könne, sonst würde ihn seine 200 Kilo schwere Frau zu Hause verprügeln. Es gibt wieder viel zu lachen, bis der Liberianer schließlich, als Rainer schon ins Auto steigt, einlenkt. „Gut! Du bekommst die Tasche für 20 Dollar, auch wenn du mich damit ruinierst. Einem Freund kann ich diesen Gefallen nicht abschlagen. Aber du musst mir auch entgegen kommen, damit ich vor meiner Familie das Gesicht nicht verliere. Du bekommst die Tasche für 20 Dollar, aber du musst mir noch eine Packung Zigaretten geben." „Ich habe nur noch die eine angebrochene Packung hier in meiner Brusttasche", erklärt Rainer daraufhin. „Das ist mir egal, dann nehme ich die." „Aber du weißt doch gar nicht, wie viele Zigaretten noch in der Packung sind", verwundert sich der Deutsche. „Das ist mein Risiko. Gib mir 20 Dollar und die Packung

Zigaretten und wir sind handelseinig und du bekommst die Tasche." Rainer willigt ein und händigt dem Mann 20 Dollar und seine Zigarettenpackung aus.

Der Verkäufer nimmt das Geld und die Schachtel und öffnet sie. Dann fängt er schallend an zu lachen. In der Packung steckt nur noch eine Zigarette. „Das kann ich nicht glauben", prustet der Mann, „das erste Mal, dass mich ein Weißer übers Ohr haut. Du bist ein wahrer Freund!" Er übergibt Rainer die Tasche und bittet ihn um seine Visitenkarte. Diese heftet er an den Holzpfeiler seines Standes und sagt: „Damit ich jedem erzählen kann, wer der Deutsche ist, der so clever war die Ledertasche für 20 Dollar und eine Zigarette zu kaufen", meint er vergnügt und wünscht Rainer eine gute Reise.

10

Auf dem Hamburger Friedhof herrscht Ruhe. Nur ab und zu durchdringt die Sirene eines vom oder zum nahegelegenen Krankenhaus eilenden Rettungswagens die Stille. Wieder einmal hat Rainer seine Schritte zum Grabstein der Familiengruft gelenkt. Hier hat er schon oft während der vergangenen 30 Jahre gestanden und mit seinem Großvater Zwiesprache gehalten. Er hat ihm seine Geschichten erzählt, die er während seiner zahlreichen Fahrten in alle Regionen Afrikas und später auch nach Südamerika und Asien erlebt hat. Es war ihm immer wieder ein Bedürfnis gewesen, seinen Großvater an seinen Abenteuern teilhaben zu lassen. Rainer glaubt zwar nicht an Seelenwanderung, aber manchmal hat er das Gefühl gehabt, dass sein Großvater seine schützende Hand über ihn hielt, wenn er in schwierige Situationen geraten war. Der alte Mann fühlte sich vermutlich verantwortlich dafür, dass Rainer sich Zeit seines Lebens zum afrikanischen Kontinent hingezogen gefühlt hat. Heute will Rainer Abschied nehmen, denn zukünftig wird er nur noch selten am Grab vorbeischauen können. 1994 hatte Rainer den Entschluss gefasst, sich eine Farm in Namibia zu kaufen. Jetzt hat er auch seinen Wohnsitz nach Afrika verlegt. Wozu, so hatte er sich gefragt, immer zwischen Europa und Afrika pendeln, wenn sein Herz doch eigentlich so mit diesem Kontinent verwachsen ist.

Einige Tage später landet er in Windhoek und fährt zu seiner Farm im Nordwesten des Landes. Große blühende Jacaranda-Bäume, satte grüne Rasenflächen und reetgedeckte Häuser erwarten ihn. Ombundja – Steinböckchen – heißt die 4000 Hektar große Jagd- und Gästefarm. Hier und in Windhoek, der Hauptstadt Namibias, lebt Rainer jetzt. Rainer hatte kurz nach der Unabhängigkeit des Landes, zu Anfang der 90er Jahre, erstmals namibischen Boden betreten. Es war eines der wenigen afrikanischen Länder, die er bis zu diesem Zeitpunkt nicht bereist hatte. Sofort wusste er, dass er hier eine neue Heimat finden könnte. Schließlich hatte er beschlossen seine Beratungsfirma in Deutschland an den Nagel zu hängen und zukünftig von Namibia aus zu arbeiten.

Die Farm dient dem Beratungsexperten als Refugium, aber auch dazu, Geschäftsfreunde zu empfangen. Der mongolische Parlamentspräsident, der später noch Präsident der Mongolei werden wird, besucht ihn hier einige Tage darauf in Begleitung einiger seiner Mitarbeiter. Der Mann hatte in Windhoek an einer Wirtschaftskonferenz teilgenommen. Rainer lernte ihn während mehrerer Projekte, die er in der Mongolei betreute, kennen.

Früh morgens waren der Mongole und Rainer zur Jagd gefahren. Der Gast erwies sich als hervorragender Jäger. Nachdem er einen Gemsbock erlegt hatte, lud er den Deutschen zur mongolischen Jagdtradition ein: ein Glas Wodka zum Abschluss einer erfolgreichen Jagd. Er hatte aus seiner Tasche einen Dschingiskhan, einen guten mongolischen Wodka, gezaubert, und ein Wasserglas. Rainer hatte es auf einen Schluck leeren müssen und war anschließend froh, es nicht weit zurück zum Farmgebäude zu haben.

Als sie dann abends beim Braai, dem traditionellen Grillfleisch in Namibia, im Garten zusammen sitzen und die Antilopen an der beleuchteten Wasserstelle in aller Ruhe beobachten, philosophieren die beiden Männer über die Gemeinsamkeiten und das Trennende von Namibia und der Mongolei. Die beiden Staaten sind die am dünnsten besiedelten Länder der Erde. In der flächenmäßig fast doppelt so großen Mongolei leben nur 400.000 Einwohner mehr als in Namibia. Beide Länder sind von Wüsten geprägt. Dort die Wüste Gobi, hier die Namib. Beide Länder können auf uralte Felsmalereien von ähnlichen Tierarten verweisen. „Aber wir haben ein unterschiedliches Klima", erklärt der Mongole, „und solche Errungenschaften wie unsere Duschhäuser könnt ihr nicht vorweisen." „Stimmt nicht", widerspricht Rainer seinem Gast. Wenn wir morgen nach Windhoek zurück fahren, werde ich dir eines zeigen. Das haben wir euch nämlich abgeschaut."

Er erzählt: „Ich war mit meiner Frau Lisa bei euch in der Mongolei im Rahmen eines unserer Projekte. Du kennst euer Land viel besser als ich. Wenn du da tagelang unterwegs bist, freust du dich auf eine Dusche. Nach einem solchen Trip kamen wir abends an unserem Zielort an. Doch als wir den Wasserhahn im Hotel aufdrehen wollten, flossen nur ein paar Tropfen. Lisa kam wutschnaubend und enttäuscht aus dem Bad. Wir telefonierten mit dem Service, doch der konnte uns nur sagen, dass sein Haus seit mehreren Stunden ohne Wasserversorgung war und er auch nicht wisse, wann wir wieder mit Wasser rechnen könnten. „Du kannst dir vorstellen, was das nach einer solchen tagelangen Strapaze bedeutet! Aber da gab uns der Mann an der Rezeption einen Tipp: `Gehen Sie doch ins öffentliche Duschhaus, die haben Wasser.´ Bis zu diesem Zeitpunkt hatten wir von den Duschhäusern noch nie etwas gehört. Aber als wir dann davor standen und nach kurzer Wartezeit die heiß ersehnte warme Dusche genießen konnten, waren wir davon überzeugt, im Himmel zu sein."

Als wir aus der Mongolei zurückkamen, brachte Lisa die Idee eines Badehauses für Katutura mit. Idee. Im Township von Windhoek müssen sich oft 30 Familien das Wasser einer Wasserstelle teilen. Vor allem im Winter sind die Mütter mit kleinen Kindern, aber auch die Männer gezwungen sich mit dem eiskalten Wasser notdürftig zu waschen. Oder sie müssen sich für 10 Namibische Dollar Holz kaufen, um das Wasser über offenen Feuerstellen zu erhitzen. „Warum", so fragte sie mich damals, „bauen wir nicht in Katutura ein öffentliches Badehaus?" Ich fand, das war eine tolle Idee. Lisa hat sich dann auf die Suche nach einem geeigneten Haus aus Ziegelsteinen gemacht. Es hat schließlich zwei Jahre gedauert, bis das Badehaus umgebaut und in Betrieb genommen werden konnte, aber Lisa konnte ihre Idee verwirklichen, die sie von unserer Reise durch euer Land mitgebracht hatte. Heute wird das Badehaus übrigens rege genutzt. Die Leute zahlen 7,50 Namibische Dollar für eine warme Dusche. Mit dem Geld werden die Wasser-, Strom- und Instandhaltungskosten bezahlt. Für viele war das damals das erste Mal, dass sie diesen Luxus genießen konnten."

„Eigentlich erzählst du mir eine Erfolgsstory nach der anderen", wendet sich der Mongole an Rainer. „Ist dir eigentlich auch mal irgendwann etwas nicht geglückt?" Rainer schmunzelt und bittet seinen Gast mit an ein Wasserbassin zu kommen, das sich in einiger Entfernung vom Haus befindet. Er leuchtet mit seiner Taschenlampe in das Becken, in dem sich kleine etwa fünf Zentimeter lange Fische tummeln. „Darf ich vorstellen? Mein Misserfolg!" Der Mongole schaut Rainer fragend an.

„Als ich nach Namibia kam, wusste ich sofort, dass ich hier bleiben möchte", erzählt Rainer. „Irgendwie passte alles. Da habe ich mich nach einer Farm umgesehen und schließlich diese hier gefunden. Ich habe angefangen für namibische Auftraggeber als Berater zu arbeiten und war deshalb auch immer mal wieder oben im Norden des Landes. In der Regenzeit füllen sich dort Senken mit Wasser, die so genannten Oshanas, in denen das Wasser normalerweise drei Monate steht. In einem landwirtschaftlichen Forschungsprojekt erfuhr ich, dass sie für diese Oshanas Fische züchten, Tilapia. Sie werden für ein paar Cent an die Bevölkerung abgegeben, sind etwa drei Zentimeter groß und haben nach drei Monaten ein Gewicht von rund 1,7 Kilogramm. Eine preiswerte Bereicherung des Speiseplans der dortigen Bevölkerung. Da kamen mir die Wasser-Reservoirs auf meinem Farmgelände in den Sinn. Warum, so fragte ich mich, sollte ich dort nicht auch Tilapia aussetzen und einen schwungvollen Fischhandel aufziehen?

Als ich das nächste Mal oben im Norden war, habe ich auf meinem Pick-Up ein 200 Liter Wasserfass mitgenommen und bin nach Ende des Jobs zur landwirtschaftlichen Entwicklungsstation gefahren. „Verkaufen Sie mir 1000 Fische und setzen Sie die in mein Fass auf dem Wagen". Die Station hatte nur noch 800 Fische, doch das war mir auch recht. Sie fragten mich, wohin ich denn mit dem Auto fahren wolle. Als ich angab „In die Nähe von Outjo, ungefähr fünf Stunden Fahrt von hier", erklärten sie mir: „Wenn Sie ankommen, haben Sie 800 tote Fische im Fass. Das ist viel zu heiß für die Tiere."

Ich aber ließ mich nicht entmutigen. Ich kaufte ein zweites 200-Liter-Fass und erkundigte mich, wo ich Eis kaufen könnte. Dann erstand ich noch für viel Geld ein Beil und ein zweites Fass, dass ich mit Eisblöcken füllen lies. Aus meiner Saharazeit wusste ich, dass nasse Decken im Fahrtwind zusätzlich kühlen. Also kaufte ich noch eine Pferdedecke, tauchte sie ins Wasser und wickelte sie dann um das Fass für die Fische. So ausgestattet, fuhr ich erneut zur Forschungsstation und ließ die 800 Tiere ins Wasser setzen. „Woher bekommen die Fische denn Sauerstoff?", wurde ich gefragt. Also fuhr ich noch einmal los und kaufte noch einen Schlauch, den ich durch das Fenster in die Kabine leitete und am anderen Ende ins Wasser zu den Fischen tauchte. Dann ging die Tour los. Ich fuhr und bremste, um das Wasser zu bewegen, pustete Luft durch den Schlauch ins Fass und hielt alle halbe Stunde an, um neues Eis von den Blöcken abzuschlagen, das ich ins Wasser zu den Fischen warf. Wer mich beobachtet hat, hat mich vermutlich für geisteskrank erklärt, aber das war mir egal. Ich wollte es mir und den anderen beweisen, dass ich mich nicht so leicht von einem einmal gefassten Entschluss abbringen ließ.

Da die Aktion durch den Kauf von Fass, Eis, Beil und Decke wesentlich länger gedauert hatte, erreichte ich meine Farm nicht vor Sonnenuntergang, wie geplant. Ganz im Gegenteil. Es war schon spät am Abend, als ich auf den Veterinärzaun zurollte, der die Weideflächen im Norden des Landes von denen im restlichen Namibia abtrennt. Der Zaun wurde offiziell errichtet, um ein

Ausbreiten der Maul- und Klauenseuche wie anderer Krankheiten zu verbreiten. Allerdings hatte er während des Krieges zwischen SWAPO und Südafrikanern auch andere Grenzfunktionen. Hier, das wurde mir in diesem Moment klar, wäre Schluss meiner Reise mit den Fischen. Im Hin und Her des Fischkaufes hatte ich vergessen mir das Zertifikat ausstellen zu lassen, dass es mir ermöglicht hätte, die Fische über die Grenze zu bringen. Was also tun? Zurückfahren konnte ich nicht und übernachten wollte ich hier auch nicht. Also fuhr ich vor zum Zaun und erklärte auf Frage wahrheitsgemäß, dass ich Fische im Fass transportiere. „Wofür?" Da log ich dreist: „Ich mache Untersuchungen im Auftrag des Präsidenten und bringe die Fische zu ihm." Der Mann schaute skeptisch. „Der Präsident hat früher in Oshanas Fische gezüchtet, das will er jetzt auch auf seiner Farm machen, dabei soll ich ihm helfen." „Was ist im zweiten Fass?" „Eis." „Wozu?" „Damit die Fische kühl gehalten werden, denn sie sollen glücklich sein, wenn ich sie zum Präsidenten bringe." „Und wozu die Decke um das Fass?" „Wenn es den Fischen zu kühl wird, wickele ich sie in die Decke ein." Spätestens da hat der Mann vermutlich geglaubt, einen durchgedrehten Weißen vor sich zu haben. Auf jeden Fall winkte er mich ohne Zertifikat durch und war sicherlich froh, meine Rücklichter von hinten zu sehen.

Ich kam dann spät nachts auf meiner Farm an, habe einen Mitarbeiter aus dem Bett geholt und mit ihm die Fische in zwei Bassins eingesetzt. Schlafen konnte ich nicht, dazu war ich viel zu aufgeregt. In der Dämmerung bin ich raus, um zu sehen, ob die Fische noch leben. Und so war es auch. Nur wenige hatten die Fahrt nicht überstanden. Ich war mächtig stolz. Dann musste ich fort zu einem Projekt. Als ich drei Wochen später wiederkam, waren die Fische immer noch drei Zentimeter groß. Da habe ich mir noch nichts dabei gedacht. Stattdessen überlegte ich mir, wie ich 790 bald ausgewachsene Fische von dann rund 1,7 Kilogramm Gewicht, also rund 1,3 Tonnen Fisch, am besten vermarkten könnte. Ich wähnte mich schon als größter Süßwasser-Fischhändler Namibias. Als die Fische aber nach drei Monaten immer noch nicht wesentlich an Gewicht und Größe zugenommen hatten, wurde mir klar, dass mein Projekt gescheitert war. Das Wasser in meinen Bassins war viel zu rein für die Zucht. Hier könnte ich allenfalls Forellen züchten", lacht Rainer. „Aus meinem schwungvollen Fischhandel ist also nichts geworden."

Die beiden Männer schauen eine Zeitlang in das unter dem Grill flackernde Feuer. Der Mongole stochert einen Moment in der Glut, dann lacht er auf: „Da bin ich ja froh, dass ich mich mit dir nicht zum Fischen verabredet habe, sondern zur Jagd. Sonst hätte ich wohl heute hungrig bleiben müssen." In diesem Moment ruft einer der Angestellten Rainer ans Telefon. „Mister, ein Anruf." Rainer geht hinein und meldet sich. Schnell begreift er, dass der Anruf nicht ihm, sondern seinem Gast gilt. Er ruft einen der Mitarbeiter des Parlamentspräsidenten, der sich kurz mit dem Mann am anderen Ende der Leitung in seiner Muttersprache unterhält. Der läuft ganz aufgeregt zu seinem Chef und bittet ihn ans Telefon zu kommen. Er reicht dem Mann den Hörer – der Parlamentspräsident lauscht einen Moment, dann überzieht ein Leuchten sein Gesicht. Als er aufgelegt hat, steht er einen Moment still da und setzt sich dann wieder in seinen Stuhl. „Hast du Champagner im Haus?", fragt er Rainer schließlich, der ihn erwartungsvoll anschaut. „Ich bin soeben in der Mongolei zum Premierminister gewählt worden. Das sollten wir feiern!" Nachdem sie angestoßen haben, sinniert der Mongole: „Ich befinde mich bei dieser Nachricht in guter Gesellschaft. Nach Queen Elizabeth, die die Nachricht vom Tod ihres Vaters und damit des Beginns ihrer Regentschaft seinerzeit auf Safari in Kenia erhalten hat, bin ich der zweite ausländische Staatsmann, der in Afrika von seiner Inthronisierung erfährt." Nach kurzem Schweigen fährt er fort: „Jetzt, wo ich

Premierminister bin, musst du in die Mongolei kommen. Willst du nicht ganz umsiedeln?" Rainer freut sich über die Einladung, aber er weiß, wieso er nach Namibia gegangen ist: „Ich habe den Auftrag meines Großvaters angenommen", erzählt Rainer seinem Gast. „Afrika hat einen ganz eigenen Reiz für mich gehabt, mein Leben lang", gesteht der Deutsche. „In der Mongolei ist es auch schön, aber weil schon mein Großvater diesen Kontinent geliebt hat, musste ich wohl hierher kommen und hier leben."

Nachwort

„Oh, ja, zu Oma und Opa!" Immer wenn die Eltern dem kleinen Rainer ankündigten, die Großeltern besuchen zu wollen, war die Freude groß. „Dort war es gruselig schön", erinnert er sich. „Die ganze Wohnung war vollgestopft mit Souvenirs aus Afrika. Das Schaurigste war der große Schädel eines Flusspferdes, dessen Augen von innen beleuchtet waren." Wenn Großmutter dann noch ihre herrlichen Plätzchen gebacken hatte und frisch gepressten Saft von Äpfeln aus dem Alten Land servierte, war das Glück vollkommen. Der kleine Rainer liebte es, sich auf dem Schoß seines Großvaters einzukuscheln und mit ihm auf große Reise durch die weite Welt zu gehen. In seinem breiten Lehnsessel war genügend Platz für zwei. Direkt neben ihnen auf einem kleinen Tisch standen der Teller mit Gebäck sowie Gläser und ein Krug mit Saft und etwas weiter entfernt ein großer Globus, den Rainer drehen und auf dem er mit dem Finger die Länder suchen konnte, von denen sein Opa erzählte. Vor allem der afrikanische Kontinent hatte an einigen Stellen richtig abgenutzte Flecken, auf die schon zahlreiche andere vor ihm den Finger gelegt hatten.

Rainers Großvater entstammte einer angesehenen Kaufmannsfamilie in Hamburg. Als junger Mann war er von seiner Familie für zehn Jahre nach Kamerun geschickt worden. Er sollte dort die Im- und Exportgeschäfte des Familienunternehmens beaufsichtigen. Eigentlich, so begriff Rainer später, war das aus der Sicht seines Opas einer Strafexpedition gleich gekommen. Denn diesen Job übernahmen damals Angestellte der Firma. „Nie aber fuhr ein Familienmitglied selber, die kamen allenfalls einmal in den Kolonien vorbei, um nach dem Rechten zu sehen", sagt Rainer. Aus dieser Zeit stammten auch die spannendsten Geschichten des Großvaters. Besonders gerne hörte Rainer, wie sein Opa die Buslinie zwischen Kamerun und dem damaligen Deutsch-Ostafrika, dem heutigen Tansania, angelegt hatte. Abenteuerlich war es, seinen Erzählungen zu folgen, in denen der Opa im 19. Jahrhundert dabei auch durch den Kongo gereist war und Benzindepots gebaut hatte. Voller Bewunderung lauschte der kleine Junge den Geschichten. Manchmal sprach sein Großvater dann in fremden Sprachen; vier davon konnte er fließend. Noch als Rentner hatte der Opa für eine große Hamburger Baufirma als Übersetzer gearbeitet.

Rainer war stolz auf seinen Großvater. Er träumte davon, später selbst auf Entdeckungsreise zu gehen. Als er die Offerte für das Projekt in Westafrika bekam, überlegte Rainer nicht lange. Dass er wie sein Großvater Geschichten zu erzählen weiß, belegen seine Schilderungen, die diesem Buch zugrunde liegen. Sie sind getragen von der Faszination des „schwarzen Kontinents".

Michael Schnurr, Dezember 2015